Andre Mairock

Klang der Hoffnung

Andre Mairock

Klang der Hoffnung

Roman

rosenheimer

2. Auflage der überarbeiteten Fassung

Titel der Originalausgabe: »Des Hergotts Nachbarn«

Bearbeitung, Lektorat und Satz: Pro libris Verlagsdienstleistungen, Villingen-Schwenningen
Titelfoto: Michael Wolf, München
Druck und Bindung: GGP Media GmbH, Pößneck
Printed in Germany

ISBN 3-475-53486-X

1

Es war nicht verwunderlich, dass die beiden Bewohner des sehr einsam gelegenen Einödhofs, der die Wildalm genannt wurde, im Dorf nicht gerade den besten Ruf hatten, obwohl ihnen eigentlich keine strafbare Tat nachgesagt, geschweige denn nachgewiesen werden konnte. Der junge, ein wenig verwegen wirkende Moritz, den man immer mit derselben abgenutzten, aber zähen Lodenkleidung und dem verbogenen Filzhut auf dem Kopf sah, und seine furchtlose und hartgesottene Großmutter, die alte Monika, die trotz ihrer weißen Haare und ihres mumienhaft runzeligen Gesichts noch kraftvoll auf der Erde stand, hausten in dieser abgelegenen Bergeshöhe.

Beide, Großmutter und Enkel, schienen durch die natur- und wetterbedingten Daseinskämpfe in ihrer Gesundheit und Widerstandskraft abgehärtet worden zu sein. Sie waren Kämpfernaturen, die allein auf sich gestellt mit allen Widrigkeiten, die das Leben bringen konnte, fertig werden mussten und damit auch fertig wurden, mit den Wetterunbilden, mit Ernährungsschwierigkeiten, mit Schicksalsschlägen und Krankheiten. Kaum, dass sich einmal jemand um die beiden Einödler von der Wildalm gekümmert hätte, es sei denn, dass in der Gegend gerade wieder eine größere oder kleinere Lumperei geschehen war. Denn für die glaubte man den sowieso schon berüchtigten Moritz von der Wildalm verantwortlich machen zu können. Aber nicht nur er selbst wies solche Verdächtigungen entschieden zurück, sondern auch die alte Monika verteidigte ihren Enkel, von dessen Unschuld sie überzeugt war, mit Nachdruck.

Freilich, die beiden lebten völlig abgeschieden in ihrer Bergeinsamkeit, als Nachbarn des Herrgotts, wie die Einödbauern sich selbst gerne bezeichneten. Ihre Hütte war rundum von Wäldern umgeben und sie hatten mit der Beschaffung ihres bescheidenen Lebensunterhalts viel Mühe und Arbeit. Da war der Verdacht nahe liegend, dass sie es von Zeit zu Zeit mit der Unterscheidung von Mein und Dein nicht so genau nahmen, weil Gott doch Brot und Fleisch für alle Menschen wachsen ließ, damit sie sich davon ernährten. Schon dem Vater des jungen Moritz und Sohn der alten Monika waren solche Ansichten nachgesagt worden, die ihm dann freilich neben einem zweifelhaften Ruf auch ein allzu frühes und wenig ehrenwertes Lebensende eingebracht hatten. Er war tödlich angeschossen im Wald gefunden worden. Ob nun sein Sohn nach denselben Grundsätzen lebte, wusste man nicht so genau. Man vermutete es aber, denn bekanntlich fällt der Apfel nicht weit vom Stamm.

Vor allem aber war es die Wohnstätte der beiden Wildalmbewohner, die zu ihrem geringen Ansehen unter den Menschen beitrug. Hier wie überall auf der Welt wurden die Bewohner eines Hauses nach dessen Beschaffenheit bewertet und in einem so verlotterten Bauwerk konnten nach Ansicht der Dorfbewohner keine ordentlichen Leute leben. Das Dach war krumm und aus den Winkeln geraten, der Türstock hatte sich gesenkt und die kleinen Fenster hingen schief im bröckelnden Gemäuer. Aber Moritz und seine Großmutter waren es nicht anders gewohnt und vielleicht hätten sie sich in einem besseren Domizil gar nicht so wohl gefühlt.

Ein paar alte, hohe Obstbäume standen um das Haus und schützten es vor Wind und Wetter. Ringsum türmten sich die felsgepanzerten Berge auf. Im angebauten Stall standen einige wohlgenährte Kühe, ein weiter hauseigener Almgrund lieferte dafür Futter und Heu. Aus einem Rohr vor dem Haus sprudelte Tag und Nacht das lebenswichtige Wasser aus einer gefassten Bergquelle.

Abends, nach einem einfachen, aber kräftigen Essen, saß die alte Monika in der kleinen Stube und stopfte Strümpfe oder flickte die Kleider. Moritz trieb währenddessen die Kühe hinaus auf den umzäunten Anger, wo sie die ganze Nacht hindurch auf der Weide blieben. Manchmal kam er danach wieder heim, setzte sich noch eine Weile auf den

Hocker am Fenster und schaute der Großmutter bei ihrer Arbeit zu.

Es wurde kein überflüssiges Wort gesprochen. Jeder von den beiden wusste, was zu tun war, denn ein Tag war wie der andere. Wenn es dann dunkel wurde in der Stube, gingen beide ins Bett, um das Licht zu sparen. Was hätten sie auch noch tun können?

Manchmal aber ging Moritz noch fort und kam erst spät in der Nacht heim. In letzter Zeit geschah das öfter. Die Alte fragte ihn manchmal am nächsten Tag, was er denn wieder herumzustreunen gehabt habe, bekam aber stets nur eine ausweichende oder gar keine Antwort. Da sie nicht weiter neugierig war, vor allem nicht auf die Neuigkeiten, die es im Dorf gab, wurde nicht mehr darüber gesprochen.

Die Neuigkeiten, von denen sie sonst hätte erfahren können, betrafen das Waldgut Mitterhof, zu dem auch der Frauenberg mit seiner Wallfahrtskapelle gehörte. Dieser Hof hatte vor einiger Zeit den Besitzer gewechselt, nachdem der frühere Eigentümer in hohem Alter ohne leibliche Nachkommen gestorben war und die Erbengemeinschaft von Verwandten das Waldgut verkauft hatte. Der neue Eigentümer war mit dem Dorf schon einige Male in bedenkliche Streitigkeiten geraten und wurde deshalb als unangenehmer Zugereister betrachtet. Während der frühere Besitzer des Mitterhofs keinerlei Einsprüche dagegen erhoben hatte, dass die Pilgerzüge und Prozessionen zur Kapelle auf dem Frauenberg ihren Weg durch sein Forst- und Waldgebiet nahmen, wollte es der neue Grundherr plötzlich nicht mehr dulden. Welche Gründe er auch geltend zu machen suchte, für die Dorfbewohner war er deshalb ein Gottloser, sonst hätte er aus ihrer Sicht der Ausübung des frommen Brauchtums nicht diese Schwierigkeiten machen können. Die Dorfbewohner fühlten sich durch die Haltung des neuen Herrn vom Mitterhof verletzt. Man konnte ihn nicht leiden und wollte mit ihm nichts zu tun haben.

Eines Nachmittags betrat Dietrich Domin – so hieß der Besitzer vom Mitterhof – die elende Hütte der beiden Bewohner der Wildalm. Moritz hatte eben die Kühe ausgetrieben und draußen am Brunnen den Kopf unter das kalte Wasser gehalten, um sich nach dem heißen Sommertag zu erfrischen, und die alte Monika saß in der Stube und hantierte mit Nadel und Faden. Domin musste unter dem Türstock den Kopf einziehen, um nicht anzustoßen, denn er war ziemlich hoch gewachsen. Der Kleidung nach hätte man ihn für einen Forstmann halten können und über seiner Schulter hing eine Jagdflinte. Sein jugendliches, sonnengebräuntes Gesicht war nicht unschön, aber durch seinen selbstbewussten Gesichtsausdruck wirkte Domin etwas überheblich, wodurch sich die Meinung der Dorfbewohner über ihn zu bestätigen schien.

Auf seinen kurzen Gruß erhielt er eine ebenso kurze Antwort, das heißt, sie kam nur von der alten Monika, die dem Besitzer des Mitterhofs einen verwunderten und misstrauischen Blick zuwarf, während Moritz sein nasses Haar an einem schlichten karierten Handtuch trockenrieb.

Dietrich Domin sprach den jungen Mann an. »Ich hätte mit dir zu reden, Moritz«, sagte er.

»Mit mir?«, antwortete dieser verwundert und warf dann das feuchte Tuch über die Ofenstange. »Was denn?«

Domin zog unaufgefordert einen Stuhl unter dem Tisch hervor und ließ sich darauf nieder. »Darf ich mich setzen? Der Weg hier herauf ist anstrengend!«

»Man muss ihn bloß gewöhnt sein«, entgegnete Moritz milde lächelnd. »Mir macht er nichts aus.« Er setzte sich auf seinen Hocker am Fenster. »Um was handelt es sich, Herr Domin?«

Dieser räusperte sich und warf einen Blick zur Tür, durch die die alte Monika eben hinausgegangen war. »Ich bin dabei, mein Personal zu erneuern. Ich möchte Mitarbeiter um mich haben, die mir ohne Voreingenommenheit begegnen und nicht voller Misstrauen stecken. Der Mitterhof hat jetzt einen neuen Besitzer, daran ist nichts mehr zu ändern, ob es den Dorfbewohnern passt oder nicht. Stelle ich aber Leute von hier an, sind sie alle mehr oder weniger gegen mich aufgehetzt, darum hole ich sie mir lieber von auswärts, und da habe ich auch an dich gedacht. Es ist mir zu Ohren gekommen, dass du von Wald- und Wildpflege etwas verstehst. Das wundert mich auch nicht, du bist ja in der Natur aufgewachsen.«

Letzteres fügte er mit einem bedeutsamen Augenaufschlag hinzu. Moritz aber ließ sich keinerlei Regung anmerken. Er fragte nicht wieso und warum, sondern verscheuchte scheinbar abwesend eine Fliege, die an der Fensterscheibe auf und ab surrte.

»Ich möchte dich anstellen, damit du dich um meinen Wald und das Wild kümmerst«, fuhr Domin fort.

»Mich? – Ich bin doch auch ein Hiesiger.«

»Aber weit genug vom Dorf entfernt, dass du als Auswärtiger gelten kannst. Übrigens kann man nicht sagen, dass du hier unter den Leuten als ein beliebter und angesehener Mitbürger bekannt bist«, fügte der Verwalter des Mitterhofs spöttisch hinzu.

»Das hat seine ganz besonderen Gründe, Herr Domin!«, entgegnete Moritz gelassen.

»Die interessieren mich nicht. Ich suche Leute, die ich brauchen kann, und ich bin sicher, du bist der richtige Mann für meine Jagd- und Waldpflege.«

»Ich danke für diese gute Meinung, Herr Domin, aber wenn ich auch drunten im Dorf nicht zu den gern gesehenen Mitbürgern zähle, muss ich Ihr Angebot dennoch zurückweisen«, antwortete Moritz ohne

Zögern. »Soviel ich weiß, ist der Grandl Max ein tüchtiger Wald- und Wildpfleger, den ich kaum zu ersetzen vermag.«

»Er ist schon vor ein paar Wochen aus meinem Dienst ausgeschieden.«

»Warum haben Sie ihn entlassen?«, fragte Moritz.

»Dafür habe jetzt ich meine besonderen Gründe.«

»Die kenne ich, Herr Domin! Wenn auch der Grandl Max so wenig mein Freund ist wie alle anderen aus dem Dorf, so muss ich ihm doch zugestehen, dass er ein anständiger und tüchtiger Kerl ist.«

Er stand von seinem Hocker auf und lehnte sich mit gespreizten Beinen an das Fensterbrett. »Ich weiß schon, um was es Ihnen geht, Herr Domin, aber ich fürchte, dass Sie sich in mir täuschen wie alle, die mich zu kennen glauben. Ich bin hier in dieser Einöde geboren und aufgewachsen. Seitdem meine Eltern tot sind, habe ich nur noch meine Großmutter. Wenn wir auch keine gebratenen Hühner essen, werden wir doch jeden Tag satt und leiden keine Not. Wir haben sogar durchgehalten, als man mich mit zwanzig Jahren zum Militärdienst einberief. Ich habe bei den Gebirgsjägern gedient, man hat mir sogar die Stellung als Ausbilder und Unterführer angetragen, wenn ich mich länger verpflichte. Ich war nämlich der beste Schütze in unserer Einheit«, fügte er mit gewissem Stolz hinzu. »Ich habe von diesem Angebot keinen Gebrauch gemacht und kehrte lieber wieder heim in unsere Berge, in das alte Haus. Wir sind genügsame Leute, Herr Domin, und wir haben unsere Grundsätze!«

Domin verzog den Mund zu einem spöttischen Lächeln und spielte mit seiner Jagdflinte, die er auf seinen Knien liegen hatte.

»Da ist nichts zu machen, Herr Domin«, fuhr Moritz fort. »Ich bleibe, was ich bin.«

Domin erhob sich. »Nun, dann eben nicht«, sagte er mit kaum verborgener Feindseligkeit. »Komm einmal mit vor die Tür!«

Moritz folgte ihm verwundert hinaus.

Domin suchte mit den Augen die ganze Umgebung ab, bis er dann ein für sein Vorhaben geeignetes Objekt entdeckte. Es war ein Blatt, das noch allein an einem abgestorbenen Ast eines alten Wildbirnbaumes hing. »Wenn du schon so ein guter Schütze bist, kannst du dann das Blatt dort am Baum treffen?«, fragte er.

Moritz folgte mit dem Blick der Weisung seines Fingers und zuckte die Schultern. »Das könnte niemand sicher behaupten, ohne Sprüche zu machen«, entgegnete er.

Domin nahm die Flinte ab, entsicherte sie und brachte sie in Anschlag. Eine Weile zielte er mit ruhiger Hand auf das Blatt. Er stand immerhin etwa fünfzig Schritt davon entfernt. Moritz verfolgte aufmerksam die Vorbereitungen des Mannes. Dann krachte der Schuss. Die Kugel streifte das Blatt und riss ein Stück davon ab.

»Bravo!«, rief der junge Mann. »Das war ein Meisterschuss!« Er war jetzt hell begeistert. »Ein kleiner Fetzen hängt noch dran. Geben Sie her, Herr Domin!«

Er riss ihm die Flinte förmlich aus der Hand, fixierte und wog sie genau und fachmännisch, brachte sie in Anschlag und nahm den Blattfetzen aufs Korn. Der Schuss krachte und der Ast war leer.

Moritz lachte vor Freude auf.

»Großartig!«, lobte ihn Domin.

Die alte Monika kam zur Tür heraus. »Was soll die Schießerei?«, fragte sie verwundert und entrüstet.

»Bloß eine kleine Probe«, sagte Domin und nahm die Flinte wieder an die Schulter. »Du bist ein guter Schütze!«, wandte er sich an Moritz. »Schade um dein Talent! Aber du hast gesehen, dass ich auch etwas davon verstehe. Das wollte ich dir nämlich zeigen.«

Moritz war verdutzt. »Warum?«

»Gestern fand ich im Bärenloch einen verendeten Hirsch. Angeschossen!«

Moritz starrte ihn an. »Und?«

»Noch ein paar solcher Vorfälle, und ich müsste bei dir eine Hausdurchsuchung erwirken.«

Jetzt dämmerte Moritz die Erkenntnis. Sein Mund verzog sich zu einem höhnischen Lächeln. »Ach so!

Ich verstehe. Aber da haben Sie sich getäuscht, Herr Domin!«

»Der Moritz wildert nicht!«, sagte die alte Monika mit ihrer blechernen Stimme dazwischen und schaute Domin strafend an.

»Das habe ich auch nicht behauptet«, erwiderte dieser mit schneidendem Unterton. »Dazu müsste ich erst Beweise haben. Jedenfalls bin ich überzeugt, dass die Gerüchte im Dorf über den Wildalm-Moritz nicht aus der Luft gegriffen sind.«

»Über Sie erzählt man sich ja auch nicht gerade die harmlosesten Geschichten, Herr Domin!«, sagte Moritz mit schmalen Augen. Domin ging nicht darauf ein. »Ich hoffe, du weißt jetzt Bescheid!«

»Jawohl, ich weiß Bescheid. Die Wildalm gehört mir, Sie haben hier genauso wenig zu suchen wie ich im Mitterhof.«

»Das kommt ganz darauf an, mein Lieber. Es wird an dir liegen, was aus unserer Nachbarschaft wird.«

»Was gehen mich der Mitterhof und sein Besitzer an!«

»Das wird sich ja herausstellen.«

Dietrich Domin ging ohne Gruß davon. Moritz schaute ihm grimmig nach.

»Das ist doch nicht wahr? Oder?«, ließ sich die alte Monika hinter ihm hören.

»Was denn?«

»Dass du auf den Hirsch geschossen hast?«

»Blödsinn! Dazu gehört eine Flinte, Großmutter.«

»Deinem Vater hat man auch nachgesagt, dass er wildert.«

»Hat er's getan?«

»Das weiß ich nicht.«

»Aber ich weiß, dass er es nicht getan hat!«

»Man hat einen Stutzen bei ihm gefunden.«

»Ob er ihm aber gehört hat? Ich bezweifle es!« Moritz ging ins Haus. Die Alte folgte ihm. »Was hat er denn sonst noch gewollt, der Mitterhofer?«

»Ich soll mich um seinen Wald und das Wild kümmern.«

»Wir wollen mit dem gottlosen Kerl nichts zu tun haben.«

»Nein, Großmutter. Ich habe sein Angebot auch gleich abgelehnt.«

Er zog sich Schuhe und Joppe an und setzte seinen Filzhut auf.

»Wohin gehst du noch?«

»Bloß ein bisschen herum, vielleicht hinunter ins Dorf.«

2

Der Besitzer des Mitterhofs schlug die Richtung zum Frauenberg ein. Langsam kam die Dunkelheit, aber es blieb noch hell genug, um mühelos dem schmalen, verschlungenen Weg folgen zu können. Am Himmel leuchtete das erlöschende Abendrot, die Sterne blitzten auf. Schwarz ragten die Felshäupter der Berggiganten in das Licht am Horizont und bildeten eine unheimliche, schemenhafte Kulisse, in der sich alles verbergen konnte, das Gute wie das Böse. Letzteres sahen die Dorfbewohner vor allem in den schlummernden Naturkräften, die jederzeit erwachen konnten.

Aus den Tälern kam jetzt aus weiten und weitesten Fernen das abendliche Geläute der Gebetsglocken. Auch von der Frauenbergkapelle herüber klang lang anhaltend und dreimal absetzend die so genannte Sühneglocke, die vor vielen Jahren nach wunderbarer Errettung des Dorfes bei einem gewaltigen Bergrutsch an der Hohen Grüft von der Bevölkerung für »Unsere Liebe Frau« gestiftet worden war und seitdem nicht nur am Abend, sondern auch bei Gefahren, die vom Berg drohen, geläutet wurde, im festen Glauben daran, dadurch Not und Unglück abwenden zu können.

Dietrich Domin runzelte unwillig seine Stirn. Er wusste, wer jeden Abend am Strang dieser Glocke zog und dass es nicht nur in der Wahrung einer frommen Tradition geschah, sondern auch in einer gewissen trotzigen Herausforderung gegen ihn, den neuen Herrn vom Mitterhof. Man wollte ihm dadurch zeigen, dass man hier oben die Nachbarschaft des Herrgotts und der Heiligen Jungfrau höher schätzte als die des Herrn vom Mitterhof. Aber man vergaß dabei, dass diesem Treiben jede rechtliche Grundlage fehlte. Was der vormalige Besitzer vom Mitterhof auf seinem Grund und Boden stillschweigend geduldet hatte, glaubte man zu einem Rechtsanspruch machen zu können.

Das Gesicht des jungen Mannes verriet jetzt seine feindseligen Gedanken. Er presste die Lippen zusammen und zog den Atem erregt durch die Nase, seine Augen wurden schmal und sprühten vor Zorn. Wütend stampften seine Schritte auf dem steinigen Boden. Er dachte an den eigensinnigen Kapellenwirt Johann Steppacher, der jetzt die Glocke läutete, als gehörte sie ihm. Freilich, er musste ja fromm tun, denn er war angewiesen auf die Wallfahrer, die zur Kapelle kamen und dann bei ihm einkehrten. Wer würde sonst schon in sein abgelegenes Wirtshaus gehen? Von dem kleinen mageren Stück Erde, das ihm gehörte, und von den wenigen Kühen im Stall konnte er sich und seine Familie jedenfalls nicht ernähren. Er hatte also schon einen triftigen Grund für seine Frömmigkeit. Domin lachte grimmig auf.

Der Klang der Glocke hallte über die Höhen und Wälder hin. Mit starken Armen zog Johann Steppacher am Strang. Neuerdings läutete er länger als früher und mit solchem Schwung, dass es die Glocke oft aus dem Stuhl zu schleudern drohte. Erst als ihm der Schweiß über das sonnengebräunte Gesicht rann, ließ er das Seil los, und als die Glocke schwieg, trat er hinaus aus dem dunklen Turmloch und beugte sein Knie vor dem Tabernakel der Kapelle, über den der Schein des roten brennenden Lämpchens zitterte. Mit einem großen Schlüssel sperrte er die Tür der Kapelle ab und kehrte heim in sein Haus. Auf dem Weg begegnete er dem Besitzer vom Mitterhof.

»Guten Abend, Herr Steppacher!«

Der Kapellenwirt brummte etwas Unverständliches und wollte weitergehen, aber Domin stellte sich ihm in den Weg. »Muss es denn sein, dass jeden Abend die Glocke geläutet wird?«, fragte er.

»Ja, das muss sein.«

»Warum?«

Der Kapellenwirt drehte seinen grauen Kopf nach Domin herum und schaute ihn eine Weile halb verwundert, halb missbilligend an. »Sie werden doch wissen, warum zu gewissen Zeiten die Glocken einer Kirche geläutet werden?«

»Wer interessiert sich denn heutzutage noch dafür!«

»Jeder, der vom Glauben noch etwas hält!«

Domin lächelte mitleidig.

»Es mag sein, dass Sie es nicht gewohnt sind. Oder stört es Sie gar?«

»Ja, es stört mich«, antwortete Domin.

»Das tut mir Leid, aber Ihretwegen werden wir nicht ein Gelübde brechen.«

»Mein lieber Herr, Sie scheinen zu vergessen, dass der Grund und Boden, auf dem wir hier stehen, mir gehört.«

»Was soll das heißen?«

»Dass ich jederzeit von meinem Hausrecht Gebrauch machen kann, falls hier jemand etwas tut, das ich nicht will. Aber ich möchte mit jedem Menschen in Frieden leben, vor allem mit Ihnen, Steppacher. Ich achte Sie als einen Mann mit Charakter. Schade, dass gerade die Kapelle da uns trennt und womöglich sogar noch zu Feinden macht. Das liegt durchaus nicht in meiner Absicht. Aber die Kapelle steht nun einmal auf meinem Grundstück. Wer zu ihr gehen will, betritt mein Privateigentum. Man kommt sogar in Prozessionen und bricht mit Kreuz und Fahnen in mein Waldgebiet ein! Sie verstehen doch sicher, dass mir das nicht gleichgültig sein kann?«

»Das war aber doch schon immer so, solange ich denken kann, Herr Domin. Schon als mein Vater noch Kapellenwirt am Frauenberg war, kamen an den Marienfesten die Prozessionen herauf. Bereits damals wurde jeden Abend die Sühneglocke geläutet, ohne dass einer Ihrer Vorgänger auf dem Mitterhof etwas dagegen einzuwenden gehabt hätte.«

»Was früher gewesen ist, kümmert mich nicht. Ich muss ja auch nicht ins Wasser springen, nur weil einer meiner Vorgänger das möglicherweise gemacht hat«, spöttelte der Mitterhofer und beobachtete nebenbei aufmerksam den kräftigen, unnachgiebigen Kapellenwirt.

»Was wollen Sie, Herr Domin?«, fragte Steppacher verdrossen.

»Ein vernünftiges Wort mit Ihnen sprechen.«

»Wenn es, wie Sie sagen, vernünftig ist, dann kommen Sie zu mir ins Haus!«

»Gern, sobald Sie meinen Vorschlag soweit überlegt haben, dass wir miteinander verhandeln können.«

»Verhandeln? Worüber?«

Domin machte eine wichtige Miene und schien nach den passenden Worten zu suchen.

»Ihre Frömmigkeit der Kapelle gegenüber in Ehren, Steppacher, aber sie gehört gewissermaßen zu Ihrem Geschäft, bildet also mehr oder weniger die Grundlage für Ihre Existenz. Nicht wahr?«

»Wie?«, fuhr der Kapellenwirt entrüstet auf.

»Ich will damit nur sagen, dass Sie mit Ihrem Gasthausbetrieb auf die Wallfahrer angewiesen sind.

Sie verköstigen sich in Ihrem Haus, nächtigen teilweise bei Ihnen, sofern sie von auswärts kommen, und legen Ihnen das Geld dafür auf den Tisch. Das ist soweit alles in Ordnung. Angenommen aber, die Kapelle verlöre eines Tages die Zugkraft, dann bleiben die zahlenden Gäste bei Ihnen aus. Wovon wollen Sie leben? Von Ihren paar Kühen? Vom Läuten der Glocke und vom übrigen Küsterdienst? Wer bezahlt etwas dafür? Der Herrgott mag ein guter Mann sein, aber Ihr Brot beschaffen müssen Sie sich schon noch selbst. Das werden Sie mir doch nicht abstreiten?«

»Und?«

»Damit Sie sehen, dass ich mir um Sie und Ihre Familie ernsthaft Gedanken gemacht habe, biete ich Ihnen einen vorteilhaften Tausch an: Sie überlassen mir Ihr Haus und Ihre Grundstücke, die sowieso von den Liegenschaften des Mitterhofs eingeschlossen sind, und ich beschaffe Ihnen dafür im Tal ein nettes, kleines Gasthaus, wo Sie das ganze Jahr über Ihr Geschäft machen.«

»Ich mache auch hier mein Geschäft, Herr Domin. Es gibt gottlob noch genug fromme Menschen, die zur Kapelle vom Frauenberg pilgern.«

»Solange es ihnen noch gestattet ist.«

Steppacher schaute ahnungsvoll in das verschlossene Gesicht des Mitterhofers. »Wer will es ihnen verbieten?«

»Ich sagte ja eben: Die Kapelle steht auf meinem Grundstück. Es ist den Leuten nur widerruflich gestattet worden, sie zu besuchen. Der Widerruf kann jederzeit erfolgen.«

»Aha! – Jetzt verstehe ich Sie, Herr Domin! Aber so weit wird es nicht kommen, dagegen werden wir uns wehren. Gehen Sie doch einmal hinein in die Kapelle und lesen Sie die Schriften auf den Votivtafeln, alle gestiftet von Menschen, deren Gebete in der Kapelle erhört wurden. Vielleicht haben Sie dann wenigstens so viel Respekt vor diesem Heiligtum, dass Sie Ihre Hand davon lassen!«

»Gut, die Kapelle kann meinetwegen abgebrochen und auf öffentlichem Grund wieder aufgebaut werden. Ich persönlich lege keinerlei Wert darauf, sie zu behalten!«

Jetzt schwollen dem Kapellenwirt an den Schläfen die Adern an. »Haben Sie wenigstens den Mut, frei herauszusagen, was Sie überhaupt wollen, Herr!«, schrie er.

»Ich habe Ihnen einen sehr günstigen Tausch angetragen. Er wird Sie auch nichts kosten. Sie haben eine Frau und zwei erwachsene Kinder. Bitte, sprechen Sie mit ihnen darüber.«

»Darüber entscheide ich allein und ich habe es bereits getan. Wir sind schon seit Generationen Nachbarn des Herrgotts vom Frauenberg. Und das werden wir bleiben, ob es Ihnen passt oder nicht!«

»Es würde mir aufrichtig Leid tun, Steppacher, wenn Sie eines Tages Ihren Eigensinn bereuen müssten. Mehr habe ich vorläufig nicht dazu zu sagen.«

»Was stört Sie denn gar so an dieser Kapelle?«, höhnte Steppacher. »Sie scheinen sie zu scheuen wie der Teufel das Weihwasser! Sie interessieren sich nicht für die Hilfe suchenden Menschen, die zum Frauenberg pilgern, um der hohen Frau ihre Not zu klagen. Warum nicht? Sie wollen die Glocke nicht hören, die jeden Abend geläutet wird, um ein altes, frommes Gelübde zu erfüllen! Sie sind schon dieser gottlose und böswillige Mensch, als den ich Sie von Anfang an eingeschätzt habe! Die Antwort auf Ihren Vorschlag kann ich Ihnen heut schon geben, Herr Domin: Ich bleibe, wo ich bin, und wenn Ihnen das nicht gefällt, dann werde ich eben kämpfen.«

»Wenn Sie mich dazu herausfordern, mag es geschehen, Steppacher. Ich habe bis heut von meinen Rechten keinen Gebrauch gemacht, aber jetzt werde ich es tun.«

»Unsere Rechte am Frauenberg sind älter als die Ihrigen, Herr Domin! Auch wir werden davon Gebrauch machen!«

»Wir? Ich fürchte, dass Sie mutterseelenallein stehen, Steppacher. Mit Ihrem Eigensinn können Sie keine Freunde gewinnen.«

»Das werden wir schon sehen.«

»Sie werden eines Tages den Weg zum Mitterhof finden und mich um eine weitere Unterredung bitten. Nur weiß ich nicht, ob ich dann noch dazu bereit sein werde. Gute Nacht!«

Domin tippte an die Krempe seines Hutes und ging weiter.

Der Kapellenwirt schritt auf sein Haus zu, wo bereits das Licht aus den Stubenfenstern schimmerte. Ein paar Mal stieß er ein kurzes, grimmiges Lachen aus. Seine Schritte trommelten schwer auf die Erde. Seine kräftigen Hände ballten sich zu Fäusten.

Regine Steppacher war hager, fast schmächtig, gerade das Gegenteil des robusten und stämmigen Kapellenwirts. In ihren Gesichtszügen konnte man lesen, dass sie unter dem Eigensinn und der Heftigkeit ihres Mannes häufig zu leiden hatte und dabei so manches harte Wort hinnehmen musste. Ihr fiel ständig die schwere Aufgabe zu, den friedlichen Ausgleich innerhalb der Familie zu schaffen, zu vermitteln und zu versöhnen zwischen Vater und Kindern.

Nach dem Abendessen hatte sie das Geschirr abgeräumt und wusch es ab. Nebenbei blickte sie durch das Fenster hinaus auf den Weg und wartete besorgt auf die Heimkehr ihrer Tochter Johanna, die sie am Nachmittag hinunter ins Dorf geschickt hatte, wo sie einige Einkäufe und Besorgungen machen sollte. Davon hätte das Mädchen schon längst zurück sein müssen.

»Wo sie bloß so lange stecken mag?«, dachte sie unruhig. Sie sah ihren Mann herankommen und fürchtete, dass er nach der Tochter fragen könnte. Er duldete es nicht, dass sie bei einbrechender Dunkelheit noch draußen unterwegs war. Deshalb hatte sie bereits Thomas, den Bruder Johannas, losgeschickt, ihr entgegenzugehen.

Als der Kapellenwirt das Haus betrat, rief er sogleich nach seinem Sohn, und zwar mit einem Ton in seiner lauten Stimme, der keinen Verzug duldete. Seine Frau verließ die Küche und eilte zu ihm in die Stube.

»Was ist denn los?«, fragte sie, als sie ihn so erregt und zornig sah.

»Wo ist der Thomas?«

»Der ist im Augenblick nicht da. Ich habe ihn der Johanna entgegengeschickt, die längst vom Dorf zurück sein müsste.«

Er nickte nur und durchschritt die große Gaststube, wanderte ruhelos zwischen den leeren Tischreihen hin und her.

»Was ist denn geschehen?«, fragte sie besorgt.

»Noch nichts, aber es wird bald etwas geschehen.« Er blieb stehen und wandte ihr sein verbittertes Gesicht zu. »Der neue Herr vom Mitterhof hat eben seine Katze aus dem Sack gelassen.«

»Was heißt das?«

»Er hat mir zu verstehen gegeben, was er will: Es soll auf dem Frauenberg keine Kapelle mehr geben und keinen Kapellenwirt. Ihn stört es, wenn Prozessionen auf dem Weg sind oder die auswärtigen Wallfahrer unser Heiligtum aufsuchen. Er will es nicht mehr länger dulden, dass auf seinem Grund und Boden kirchliche Feiern abgehalten werden und fremde Menschen herumlaufen.«

»Der Gottlose! Fürchtet er denn keine Sünde?«, empörte sie sich.

Steppacher ließ sich auf einen Stuhl nieder und fuhr mit der Hand über das graue, filzige Haar seines gewaltigen Schädels.

»Eines ist klar, das wird noch so manchen Verdruss geben!«

»Was soll denn aus uns werden, wenn keine Wallfahrer mehr kommen?«, fragte sie.

»Ich soll unser Gasthaus gegen eines drunten im Tal eintauschen. Es würde mich nichts kosten. Großzügig, nicht wahr?«, höhnte er. »Er will mich von hier wegholen, weil er weiß, dass ich mich nicht einschüchtern lasse. Oh, ich habe ihn gut verstanden. Von den Leuten im Dorf hat er nichts zu befürchten, sie sind alle zu feig, um sich ihm entgegenzustellen!«

Er lachte grimmig auf, erhob sich und straffte die Muskeln seines gesunden, robusten Körpers. »Aber mich wird er nicht aufhalten können, wenn ich in die

Kapelle gehen will, auch wenn er mir mit erhobener Flinte entgegentritt. Hier hängt der Schlüssel und ich gebe ihn nicht aus der Hand. Noch sind wir Nachbarn unseres Herrgotts!«

»Was werden wir noch erleben müssen!«, jammerte sie.

Er schüttelte den Kopf. »Wenigstens in den Einöden muss es doch noch ein paar aufrechte Menschen geben, damit man nicht so allein steht, wenn es wirklich darauf ankommen sollte!«, sagte er und griff nach seinem Hut.

»Wo gehst du hin?«

»Hinüber zum Hocheder, ich muss mit ihm reden.« Er verließ das Haus. Seine Frau wandte sich wieder ihrer Arbeit zu und wartete auf die Heimkehr ihrer Tochter, von der noch immer nichts zu sehen war.

Das Abendrot war erloschen. Die Nacht brach herein.

3

Thomas, der Sohn des Kapellenwirts, schlug zunächst den Weg hinüber zum Grandlhaus ein. Er war sicher, dass seine Schwester sich dort aufhielt, sie war eng befreundet mit der Grandl Christl. Die beiden waren fast gleichaltrig und sieben Jahre lang gemeinsam den Schulweg ins Dorf gegangen. Auch heute noch konnte man sie bei jeder Gelegenheit beisammen sehen. Was war also natürlicher, als anzunehmen, dass Johanna auf dem Rückweg zum Dorf im Grandlhaus eingekehrt und dort hängen geblieben war. Und Thomas ging mit Freuden dorthin und war für jede Gelegenheit dankbar, die ihn mit der bildhübschen Nachbarin zusammenführte. Die Christl hatte es ihm angetan, er liebte sie und hatte es sich schon oftmals vorgenommen, es ihr zu sagen, selbst auf die Gefahr hin, dass er sich einen Korb holte oder dass der Vater mit seiner Brautwahl nicht einverstanden war. Aber bisher hatte er nicht den Mut dazu aufgebracht.

Die Christl stammte aus ärmlichen Verhältnissen. Ihr Vater war Forstwart auf Gut Mitterhof gewesen, und die Mutter hatte daheim die paar rotscheckigen Kühe versorgt. Beide Eltern waren früh gestorben und seitdem hausten Christl und Max allein im

Grandlhaus. Max hatte später die Wald- und Wildpflege auf dem Mitterhof übernommen und die Existenz der Geschwister war damit erst einmal gesichert. Aber seit der Max seine Stellung verloren hatte, war die Sorge um ihr Auskommen wieder groß. Aus irgendeinem Grund hatte Domin, der neue Herr vom Mitterhof, Max entlassen. Angeblich wollte er nur noch neue Mitarbeiter um sich haben.

Das Grandlhaus war ein kleines, sauber gepflegtes Anwesen, mit einem blockartigen Holzhaus und einem kleinen angebauten Stall. Von einer freundlichen Almwiese und von Wäldern umgeben stand es am Hang des Berges über der engen Talsohle.

Max war etwa zwei Jahre älter als seine Schwester Christl, trotzdem führte sie das Regiment im Haus und hielt alles in Ordnung. Sie war eine gewissenhafte Wirtschafterin, das musste selbst Thomas' Vater zugeben.

Tag und Nacht dachte der Sohn des Kapellenwirts an sie. Wo er ging und stand, sah er sie vor sich, das hübsche Gesicht sonnengebräunt, das lange strohblonde Haar geflochten, die dunklen Augen, aus denen manchmal der Schalk blitzte ... Ganz verrückt war Thomas Steppacher nach der Christl – und sie wusste nicht einmal etwas davon. Oder ahnte sie es? Manchmal meinte er, dass sie ihm einen besonders strahlenden Blick zuwarf, wenn sie sich begegneten.

Als er sich dem Grandlhaus näherte, war das Stubenfenster beleuchtet. Die Dunkelheit war so weit fortgeschritten, dass das Haus nur noch seinen Umrissen nach erkennbar war. Erst als er vor der Tür stand, sah er, dass Max daneben auf der kleinen Hausbank saß und seine kurze Pfeife rauchte. Sein weißes Hemd leuchtete aus der Nacht.

»Thomas?«, wunderte sich der junge Jäger. »Was führt dich wohl heut noch zu uns?«

»Ist unsere Johanna bei euch?«

»Nein.«

»Nicht?«, wunderte sich Thomas. »Sie ist am Nachmittag ins Dorf gegangen und noch nicht wieder heimgekommen. Ich habe vermutet, dass sie die Christl besucht hat.«

»Nein, sie ist nicht da. Wir haben sie schon längere Zeit nicht mehr gesehen. Vielleicht hat sie den Weg über den Herzogsteig genommen?«

»Das wäre ja ein Umweg, Max!«

Max zuckte die Schultern. »Na und? Ich habe sie schon einige Male über den Herzogsteig gehen sehen, erst vor ein paar Tagen wieder.«

»Wieder?«

»Vielleicht hofft sie, dort jemanden zu treffen?«

»Ich könnte mir nicht denken, wen.«

»Aber ich, Thomas! Sie war neulich auch nicht allein.«

»So?«

Max zögerte und rückte auf der Bank. »Setz dich ein wenig her zu mir!«

»Ich habe keine Zeit, die Mutter sagte, ich soll nach der Johanna schauen, und das muss ich dann wohl tun, auch wenn ich noch bis zum Herzogsteig hinüberlaufe.«

»Das wäre dumm. Wie ich dir sage: Sie ist nicht allein.«

Thomas horchte auf. »Wer soll sie denn begleiten?«

»Der Mitterhofer. Da kannst du Gift drauf nehmen.«

Thomas antwortete nicht. Es war ihm nicht anzumerken, welche Wirkung diese Mitteilung auf ihn hatte.

›Weiß er vielleicht gar selbst schon von den heimlichen Treffen seiner Schwester mit Dietrich Domin?‹, dachte Max. ›Verschweigt er es nur aus Furcht vor seinem jähzornigen Vater, der darüber einen Tobsuchtsanfall erleiden würde?‹

»Das willst du mir wohl nicht glauben, Thomas?«, fragte Max nach einer Weile.

»Wenn du sie schon zusammen gesehen hast, wie du sagst …«

»Ja, das hab ich, und nicht nur einmal. Ich hab mich gewiss nicht getäuscht! Nun ja, deine Schwester findet halt Gefallen an diesem Mann. Ist ja auch kein Wunder, er sieht gut aus. Jedenfalls treffen sie sich nicht zufällig. Meinst du nicht auch?«

»Ich weiß es nicht«, entgegnete Thomas etwas unsicher. Dann ließ er seinen Blick über das kleine, beleuchtete Fenster gleiten. »Bist du denn ganz allein daheim?« Es klang enttäuscht.

»Im Augenblick ja. Die Christl ist noch zur Jöchlalm hinübergelaufen. Mich wundert, dass sie noch nicht zurückgekommen ist, aber es kann nicht mehr lange dauern. Setz dich doch ein wenig her zu mir!«, wiederholte er seine Aufforderung.

Thomas nahm neben dem Freund Platz. Wenn die Christl schon jeden Augenblick kommen würde, dann wollte er sie wenigstens sehen und vielleicht auch ein paar Worte mit ihr sprechen. So saßen sie eine Weile schweigend nebeneinander auf der kleinen Hausbank. Die Luft war angenehm kühl. Vor ihnen ragte schwarz die mächtige Bergkulisse auf.

Max blickte ein paar Mal nach dem verschlossenen Gesicht des Wirtssohnes. »Hm«, begann er dann. »Ich mache mir manchmal Gedanken um dich, Thomas. Du bist nicht mehr so aufrichtig zu mir!«

Thomas schaute betroffen auf. »Wieso?«

»Du verschweigst etwas! Ich habe dich sogar in Verdacht, dass du mit dem Mitterhofer in heimlicher Verbindung stehst. Oder ist es nicht so?«

»Wie käme ich dazu?«, knurrte Thomas.

»Deine Schwester würde dasselbe sagen. Aber ich habe sie schon ein paar Mal mit dem Domin zusammen gesehen. Nun, ihr imponiert der Mann halt. Sie hat sich womöglich in ihn verliebt und weiß nicht, was sie machen soll. Dein Vater würde sie erschlagen, wenn er es wüsste. Nun trifft sie sich heimlich mit ihm. Oder meinst du nicht?«

»Das kann schon sein.«

»Drum darf er es nicht erfahren, auch von uns nicht! Aber du wirst mit deiner Schwester reden und ihr sagen, welches Unglück sie mit dieser Liebschaft heraufbeschwören kann. Oder hab ich nicht Recht?«

Thomas schwieg.

Max drehte sich nach ihm herum.

»Pass auf, Thomas: Euer Wirtshaus auf dem Frauenberg ist dem Mitterhofer im Weg, vor allem aber ist es dein Vater. Ihn möchte er aus dem Blickfeld haben. Er weiß, welchen Gegner er in ihm hat, wenn er den Zugang zu unserer Kapelle schließen wird, was er sicher vorhat. Ich kann mir gut vorstellen, dass er dem Kapellenwirt eines Tages einen Tausch vorschlägt. Er wird ihm ein nettes Haus drunten im Tal anbieten, wo er seinen Gastwirtschaftsbetrieb weiterführen könnte. Für dich ist das vielleicht verlockend, man müsste sich nicht so abrackern wie am Berg und das Geschäft ginge das ganze Jahr.«

Thomas zog die Stirn in Falten. Er hörte aufmerksam zu, sagte jedoch nichts.

»Vielleicht hat er mit dir und deiner Schwester schon darüber gesprochen – ohne dass euer Vater davon weiß –, und im Stillen seid ihr bereits einverstanden. Falls es so sein sollte, vergiss nicht, dass er euch dazu zu bringen versucht, eurem Vater in den Rücken zu fallen! Niemand, auch ich nicht, kann das gutheißen.«

Thomas schaute noch düsterer drein. Das Licht, das aus dem Fenster der Stube drang, warf jetzt einen hellen Streifen neben ihnen auf die schwarze Erde. Dorthin richtete Thomas seinen Blick und schwieg hartnäckig. Das brachte den jungen Jäger langsam in Wut. Er schlug mit der flachen Hand grimmig auf sein Knie.

»Mich hat er aus dem Dienst gejagt. Deinen Vater kann er nicht davonjagen, ihn muss er weglocken. Aber soweit ich den Kapellenwirt kenne, wird er nicht gehen, auch wenn ihm das beste Angebot gemacht wird. Und ich gebe ihm Recht!«

Thomas schwieg verbissen. Es war deutlich erkennbar, dass er die Ansicht des Freundes nicht teilte.

»Und was die Johanna, deine Schwester, betrifft ...«, fuhr Max fort. Er brach ab und horchte in die Nacht. Man hörte flinke Schritte, die näher kamen.

»Die Christl«, sagte er. »Und der Moritz von der Wildalm! Sie haben sich wohl auf dem Weg getroffen.«

Thomas schaute auf. Sein Gesicht war noch immer verärgert. »Seit wann kommt euch dieser Lump ins Haus?«

Die beiden kamen heran. Voraus lief ein junges Mädchen, die Christl. Ihr folgte der Moritz, leicht erkennbar an seinem Filzhut.

»Man muss nur einmal weglaufen, dann kommt Besuch!«, rief die Christl in ihrer fröhlichen, temperamentvollen Art und streckte dem Wirtssohn die Hand hin. »Nett, dass du dich wieder einmal sehen lässt!«

Die beiden begrüßten sich herzlich, und das Mädchen schaute ihm so freudig und freimütig in die Augen, dass es ihm ganz warm ums Herz wurde. Sofort schüttelte er die düsteren Gedanken ab und lächelte sie erfreut an.

»Du warst lang nicht mehr da!«, tadelte sie scherzhaft. »Du bist uns doch nicht etwas bös?«

»Warum sollte ich euch bös sein? Es war nur gerade wenig Zeit.«

Moritz blieb in einiger Entfernung stehen und zeigte sich recht zurückhaltend. Er wusste, dass er wenig Vertrauen genoss. Aber die Christl blickte sich nach ihm um und rief dann. »Kommt doch alle mit herein in die Stube! Du auch, Moritz!« Dann ging sie ins Haus. Als Erster folgte ihr Thomas. Moritz ergriff Max beim Arm und hielt ihn zurück.

»Ich wollte dir eine recht interessante Neuigkeit berichten, drum bin ich heut noch gekommen«, flüsterte er. Max setzte sich wieder auf die Hausbank. »Nimm Platz!« Moritz setzte sich zu ihm. »Und?« fragte ihn der Jäger. Im Flüsterton erzählte Moritz, was ihm heut Abend begegnet war …

Ihr Fehlen wurde in der Stube nicht bemerkt. Die Christl lud den Nachbarssohn ein, sich wie gewöhnlich an den kleinen Ecktisch im Herrgottswinkel zu setzen. Es war ein einfaches Stübchen, etwas altmodisch eingerichtet, aber blitzsauber und sehr gemütlich. Auf dem Tisch lag eine bunt bedruckte Decke. Der Holzboden war gescheuert und mit ein paar gewirkten Läufern bedeckt.

»Wie geht's daheim?«, fragte sie dann. »Was macht die Johanna?«

»Du weißt ja, wie es bei uns aussieht«, antwortete er. »Seitdem auf dem Mitterhof ein neuer Herr ist, gibt es bei uns dauernd Reibereien und Spannungen. Es ist fast mit einer Lawine zu vergleichen, die auf uns zurollt.«

Er horchte zur Tür. »Wo bleibt denn der Max?«, fragte er.

»Er sitzt noch mit dem Moritz auf der Bank. Ich weiß nicht, was sie sich zu sagen haben. Derweil können wir beide uns ja auch allein unterhalten – das heißt, wenn es dir recht ist.«

Sie setzte sich ihm gegenüber an den Tisch. Ihre Blicke kreuzten sich und es schien, als würden sie beide etwas erschrecken. Jedenfalls gerieten sie ein wenig in Verlegenheit.

»Ich hätte dir längst schon gern etwas gesagt, Christl, was sonst niemand zu hören braucht, nicht einmal dein Bruder«, sagte er dann leise und stockend. Sein Atem ging schneller und er spürte sein Herz klopfen.

Sie blickte ihn offen an. »Bitte …«

»Es ist wegen unseres Vaters. Er ist so verbohrt! – Ich weiß nicht, wie ich es dir verständlich machen soll: Er muss doch selbst wissen, dass wir auf den Frauenberg keine Rechte haben, nur die, die der Besitzer uns gibt, trotzdem läutet er jeden Abend in der Kapelle die Glocke. Wenn aber der Domin ihm eines Tages, weil er es nicht mehr hören kann oder ihm einfach ohne Grund danach ist, den Zutritt nicht mehr erlaubt, muss er gehen. Aber ich fürchte, dass er nicht nachgibt und sich auf einen Machtkampf einlässt. Wie soll dieser Streit denn enden? Gewiss nicht zu unserem Vorteil, das ist klar.«

Sie nickte bekümmert. »Dein Vater würde das Gelübde niemals brechen, die Wetterglocke zu läuten. Für ihn mehr als für alle anderen ist die Kapelle ein Heiligtum, das nicht von unberufenen Händen angetastet werden darf. Domin hat es nicht so mit dem Glauben, wenigstens hat man ihn noch nie in der Dorfkirche gesehen. Es kann schon sein, dass er eines Tages den Zugang zur Bergkapelle sperren wird. Und dagegen wehrt sich dein Vater, und er hat Recht damit.«

»Das ist ja Unsinn!«, platzte er heraus. »Die Kapelle steht nun einmal auf dem Grundstück des Mitterhofers! Man kann doch nicht um Dinge streiten, die einem von Rechts wegen gar nicht gehören.«

»Sie steht schon lange darauf, ohne dass sich bis heut jemand daran gestoßen hätte. Also liegt es doch nur am bösen Willen dieses Herrn Domin. Man kann ihm immerhin zeigen, dass wir gewillt sind, gegen seine Pläne Widerstand zu leisten. Ich und mit mir alle anderen finden es richtig, was dein Vater macht. Und du solltest ihn dabei unterstützen!«

»Aber ich kann nicht! Ich finde es nicht richtig!«, rief er.

Sie schaute ihn überrascht und unzufrieden an.

»Thomas, auch wenn du glaubst, dass dein Vater im Unrecht ist, du musst zu ihm halten. Der Mitterhofer mag sich freilich seiner Sache zunächst sicher sein, aber wir müssen alle zusammenhalten, um ihn nach und nach davon zu überzeugen, dass er uns, wenn auch nicht nach dem Gesetz, so doch im Herzen Unrecht tut. Das ist meine Meinung, Thomas, und außerdem kann der Schaden oder die Störung gar so groß nicht sein, dass er gleich den Zugang zur Kapelle sperren muss!«

Thomas schüttelte besorgt den Kopf. »Eines Tages werden wir vor dem Ruin stehen. Ein Wirtshaus ohne Gäste ist ein schlechtes Geschäft, Christl. Von unseren Kühen können wir nicht leben.«

»Wir haben weniger als ihr und der Max ist im Augenblick ohne Arbeit. Auch bei uns muss es gehen«, versuchte sie ihn zu ermuntern. »Du wirst sehen, es kommt nichts so schwarz und dunkel, wie es aus der Ferne ausschaut. Du musst zu deinem

Vater stehen, Thomas. Ich bitte dich darum.« Sie legte ihre Hand auf seinen Arm. »Könntest du dir doch an deinem Vater ein Beispiel nehmen, Thomas! Könntest du so werden wie er!«

Er war überrascht und lächelte dann nachsichtig.

»Ich sehe, du kennst den Kapellenwirt nicht, du weißt nichts von seinem Starrsinn, von seinem Jähzorn, vor dem wir lange genug gezittert haben. Ja, er ist ein frommer Mann, aber wenn ihn die Wut packt, suchst du unter den Heiden vergeblich nach seinesgleichen.«

Er stand auf und griff nach seinem Hut.

»Was hat übrigens dein Bruder mit diesem Taugenichts zu schaffen?«, fragte er und deutete nach dem Fenster, vor dem die beiden Burschen immer noch beisammensaßen.

»Der Moritz ist keineswegs der Lump, für den er gehalten wird«, verteidigte sie den Einödler vom Berg.

»Ach was?«, höhnte Thomas. »Schon sein Vater war ein Wilddieb.«

»Sagt man, bewiesen ist es nicht.«

»Aber erschossen haben sie ihn.«

»Wer?«

»Jedenfalls ein Jäger.«

»Kaum. Wäre es ein Jäger gewesen, hätte er bestimmt Anzeige erstattet. Das glaubst du doch auch?«

Dagegen konnte er nichts sagen. Er schüttelte nur unwillig den Kopf.

»Du hast auf einmal so komische Ansichten, Christl. Es würde mir sehr Leid tun, wenn der Max, nachdem er doch jetzt ohne Arbeit und Verdienst ist, sich von diesem zweifelhaften Kerl zu irgendeiner Lumperei verführen ließe.«

»Da brauchst du dir keine Sorgen zu machen, Thomas!«

Er kam wieder ein paar Schritte näher.

»Es geht mir ja nur um dich, Christl – wie soll ich's dir sagen? – Schau, ich habe dich gern, und wenn ich an meine Zukunft denke, bist du immer mit dabei. Du bist sogar die erste und letzte in allen meinen Gedanken und Plänen. Weißt du, was das bedeutet? Du brauchst nichts zu sagen, ich weiß schon, es hat dich vielleicht überrascht. Nur jage mich nicht weg und erlaube mir, dass ich wiederkommen darf!«

Sie errötete. Obwohl sie wusste und sogar darauf gewartet hatte, dass er einmal so etwas Ähnliches sagen würde, war sie doch erschrocken. Sie jagte ihn nicht weg und sie sagte nichts, aber ihre Augen schauten ihn warm an.

»Verzeih mir, Christl, aber ich muss jetzt heim. Die Mutter macht sich Sorgen, denn ich hätte eigentlich nach der Johanna suchen sollen, die ins Dorf gegangen ist und beim Einbruch der Nacht noch nicht zurück war. Ich hatte gedacht, dass sie bei dir sein könnte.«

»Nein, bei uns war sie nicht.«

»Ich weiß.«

»Vielleicht hat sie einen Umweg gemacht …«

»Das glaube ich auch – ich gehe jetzt hinüber zum Herzogsteig.« Er bot ihr die Hand. »Gute Nacht, Christl! Bis bald …«

»Wann kommst du wieder?«

»Vielleicht schon morgen Abend.«

»Grüß mir deine Leute daheim!«

Er ging hinaus und rief auch dem Max noch einen kurzen Gutenachtgruß zu, der immer noch mit dem Einödler auf der Hausbank saß.

4

Bei Tage machte das einsame, abgelegene Haus des Kapellenwirts einen freundlichen und idyllischen Eindruck. Auf dem dicken Grundgemäuer saß die etwas verwitterte Holzaufstockung mit einer über die ganze Front hin laufenden Altane, über deren Brüstung ein prächtiger Blumenschmuck hervorschaute. Das flache, tief herabreichende Dach war mit Steinen beschwert. Im hinteren Teil des Hauses befanden sich Scheune und Stall.

Jetzt, da es bereits Nacht geworden war, lag alles im Dunkel, ringsum herrschte eine tiefe Stille. Nur aus den Fenstern der Wirtsstube drang ein schwaches Licht, weil nur eine einzige Lampe brannte. Offenbar waren keine Gäste da.

Aus dem nahen Wald, durch den ein schmaler Weg führte, kamen zwei Menschen. Als das Licht des Wirtshauses vor ihnen auftauchte, blieben sie stehen.

»Ich möchte dir noch etwas sagen, Johanna«, sagte Dietrich Domin zu dem schlanken, schönen Mädchen, das in seiner Begleitung war. »Es ist nicht nur mein Recht, sondern auch ganz einfach meine Pflicht, hier endlich Ordnung zu schaffen. Man kann nicht einfach in fremdes Besitztum einbrechen. Das wollen die Leute nicht verstehen. Man hält mich für gottlos, für böswillig und wer weiß für was noch, bloß weil mir das nicht gleichgültig ist wie meinem Vorgänger vom Mitterhof.«

»Aber es sind ja keine Holz- und Walddiebe, die den Weg zur Frauenkapelle benützen, sondern nur fromme Wallfahrer!«, wandte das Mädchen ein.

Er lächelte über ihren Eifer. »Nehmen wir an, du wärest Besitzerin eines Hauses geworden, was würdest du dazu sagen, wenn fremde Menschen kämen und sich ungefragt in deine Stube setzten? Noch mehr, diese Menschen würden außerdem noch Besuche empfangen und sich keinen Deut darum kümmern, welches Gesicht du, die eigentliche Herrin des Hauses, dazu machst? Da würde dir wohl auch der Kragen platzen. Oder nicht?«

Sie musste lachen. »Der Vergleich ist wohl übertrieben!«

»Keineswegs, der Weg zur Kapelle geht durch meinen Wald, die Kapelle steht auf meinem Grund und Boden. Ich kann und darf es nicht mehr länger dulden, dass fremde Menschen einfach davon Besitz ergreifen. Das ist gegen jedes Fug und Recht. Das Schlimmste aber ist, dass es niemand begreifen will, am wenigsten dein Vater mit seinem Sturkopf. Vielleicht bildet er sich sogar ein, im Recht zu sein, sonst würde er nicht jeden Abend ohne Erlaubnis die Glocke der Kapelle läuten. Man könnte mich doch wenigstens fragen, ob und unter welchen Bedingungen es gestattet ist, oder?«

»Mein Vater betreut schon seit Jahrzehnten die Kapelle vom Frauenberg und läutet jeden Abend die Glocke, und vor ihm hat es unser Großvater getan. Kein Mensch hier hat sich je etwas dabei gedacht, dass die Kapelle auf dem Grundstück des Mitterhofs steht und der Zuweg durch die privaten Wälder des Gutes geht. Es hat auch nie jemand Anstoß genommen. Und das soll nun auf einmal anders sein? Es ist noch nie vorgekommen, dass ein Besitzer vom Mitterhof einen Schaden in seinen Wäldern zu beklagen gehabt hätte. Darum will es meinem Vater nicht in den Kopf gehen, dass nun plötzlich solche Schwierigkeiten auftreten. Außerdem …«

Sie brach ab und richtete ihren Blick auf das einsame Licht, das vom Wirtshaus herüberschimmerte. Er folgte mit seinen Augen ihrem Blick, konnte aber weiter nichts sehen. »Außerdem?« fragte er.

»Es klingt vielleicht eigensüchtig, wenn man sich auch wegen materieller Sorge dagegen wehrt, aber es ist so: Unsere Familie hat von der Frömmigkeit der Menschen gelebt. Der Kapellenwirt war und ist auf die Wallfahrer angewiesen, sie verköstigen sich und nächtigen sogar in unserem Haus. Damit verdienen wir unser Geld, das war und ist unsere Existenz. Ich weiß nicht, was aus uns werden soll, wenn niemandem mehr Zutritt zur Kapelle gestattet sein soll.« Sie hatte erregt gesprochen, ihre Augen schimmerten groß und sorgenvoll aus der Nacht.

Er blickte sie eine Weile nachdenklich an. »Es tut mir Leid, Johanna, aber ich kann aus ganz bestimmten Gründen nicht mehr von meinem Rechtsanspruch zurücktreten.«

»Fürchtest du nicht, dass du dir dadurch nur Feinde schaffst?«

»Die Feinde habe ich hier von Anfang an gehabt. Du bist der einzige Mensch, von dem ich glaubte, dass er mich versteht, und ich glaube es auch heute noch, Johanna! Wir stehen heute hier nicht das erste Mal beisammen, und es ist keineswegs immer der Zufall, der uns zusammengeführt hat. Glaub nicht, dass ich mich einfach über deine Sorgen hinwegsetze. Sonst wäre der Frauenberg längst abgesperrt worden. Ich wollte den Kapellenwirt nicht zu meinem persönlichen Feind machen, einfach deshalb, weil ich ihn eines Tages um die Hand seiner Tochter bitten möchte. Dass es nun doch dazu gekommen ist, liegt nicht allein an mir. Ich habe deinem Vater sogar vorgeschlagen, er möge doch ins Tal umsiedeln und dort seinen Gastwirtschaftsbetrieb weiterführen. Ich habe mich erboten, ihm bei diesem Anwesentausch behilflich zu sein, so dass es für ihn ein Gewinn ist. Aber er will nicht.«

»Kein Mensch will seinen angestammten Familienbesitz verlassen, Dietrich!«, sagte sie.

»Aber es geht hier um die Existenz deiner Familie, Johanna!«

Sie sagte nichts darauf. Diese Mitteilung schien sie bestürzt zu haben. Langsam setzte sie ihren Weg fort und er folgte ihr. Es war ihr peinlich, dass er noch immer an ihrer Seite blieb. Ängstlich sah sie nach dem einsamen Licht, das vom Haus herüberschimmerte. Er konnte doch nicht mit ihr bis vor die Tür ihres Hauses gehen! Es müsste eine Katastrophe geben, wenn sie von jemandem gesehen würden. Sie schlug unvermittelt eine andere Richtung ein und machte einen Umweg, der sie hinüber zur Kapelle führte.

»Wir müssen eine Lösung finden, Johanna, die uns allen gerecht wird. Die einfachste wäre gewesen, wenn dein Vater sein Anwesen aufgegeben und an den Mitterhof verkauft hätte. Ich gebe ihm jede Garantie, dass er für den Erlös ein gut gehendes Geschäft im Tal erwerben kann.«

»Was soll dann aus der Kapelle werden?«, fragte sie.

»Ach, die Kapelle!«, erwiderte er fast ungehalten. »Sie steht eben auf einem Platz, wo sie nicht hingehört.«

»Sie wurde damals von Mönchen erbaut, als der Mitterhof noch im Besitz des Augustinerklosters war, das vor kurzem aufgelöst wurde.«

»Der Bau war vor rund hundertfünfzig Jahren. Seitdem hat sich manches geändert auf der Welt.«

»Für uns ist die Kapelle ein heiliger Ort. Viele Leute glauben, dass hier schon Wunder geschehen sind!«

Er sagte nichts.

Sie kamen an der Kapelle an. In den bleigefassten Fenstern zuckte der rote Schein der Ewigen Flamme des Lämpchens. Schwarz streckten die hohen alten Ahornbäume ihr dichtes Geäst über das Dach des Kirchleins. Es war totenstill.

Johanna fing an, sich unbehaglich zu fühlen. Wenn dieser Mann sie nun zu küssen versuchen würde? Ihr Herz klopfte. Aber nein, Dietrich Domin tat so etwas nicht. Gewiss, er war ein rätselhafter Mensch, niemand wusste, von wo er kam und wer er war. Er war reich, aber nicht deswegen imponierte er ihr. Sie wusste überhaupt nicht, warum er ihr gefiel, trotz seiner widerspenstigen, beinahe brutalen Art. Er schaute gut aus, er war groß und stramm gewachsen. Die Züge seines Gesichts hatten etwas Markantes, Männliches. Auf der linken Stirnseite hatte er eine kurze, ein wenig gerötete Narbe. Aber sie passte zu diesem Gesicht.

Sein Schweigen beunruhigte sie. »Du glaubst wohl nicht daran?«

Er schüttelte den Kopf.

»Warum nicht?«

»Weil ich nicht kann. Ich bin viel zu nüchtern, um für solche Schwärmereien etwas übrig zu haben.«

Sie war betroffen. »Du nennst das Vertrauen, das unsere Leute der Heiligen Jungfrau entgegenbringen, eine Schwärmerei?«

Am Wirtshaus wurde laut die Tür zugeworfen.

Johanna hob den Kopf. »Ich muss gehen!«, sagte sie. »Vielleicht sucht man schon nach mir.«

»Du hast Angst, man könnte uns zusammen sehen?«

»Ja«, gestand sie.

»Ich möchte dich nicht in Schwierigkeiten bringen, denn dafür habe ich dich viel zu gern, Johanna!«, erwiderte er. »Ich bitte dich nur, mir deine Freundschaft zu bewahren, auch wenn der Kapellenwirt mich verfluchen sollte. Wir müssen und werden einen Weg finden, auf dem sich alle Hindernisse überwinden lassen. Ich möchte nicht, dass du einmal vor der Entscheidung stehst zwischen deinem Elternhaus und mir.«

Sie schaute zu ihm auf. Ihre Augen schimmerten wieder groß und erschrocken.

Er ergriff ihre Hand. »Johanna, sag ja! Sag, dass wir diesen Weg finden wollen!«

Sie machte behutsam ihre Hand frei. »Gute Nacht!«, flüsterte sie und lief davon.

5

Fast lautlos betrat sie das Haus, schlich sich an der offen stehenden Stubentür vorbei und ging zur Mutter in die Küche.

»Endlich!«, rief die Frau und warf ihr einen vorwurfsvollen Blick zu. »Du kannst einem so eine Angst einjagen! Wo warst du denn so lange?«

»Ich hab mich verspätet. Die Heitbergers haben mich nicht gehen lassen, ich musste unbedingt noch mit ihnen zur Nacht essen.«

Das war natürlich gelogen, aber sie fand im Augenblick keine bessere Ausrede.

»Und wir warten daheim und fürchten, dass dir etwas zugestoßen sein könnte!«, tadelte die Mutter. »Der Thomas ist zum Grandlhaus hinübergelaufen, weil er glaubte, dich dort zu finden. Der Vater ist eben vom Hocheder heimgekommen und hat schon ein paar Mal nach dir gefragt. Du kannst dir denken, wie zornig er ist!«

»Verzeih, Mutter! Es ist wahr, so lange sollte ich nicht wegbleiben, und es wird auch nicht mehr vorkommen.«

Da ertönte auch schon die Stimme des Kapellenwirts von der Stube her: »Johanna!«

»Geh nur!«, sagte die Mutter.

Johanna betrat die Stube. Es war außer dem Vater und dem Thomas niemand da. Thomas saß am Tisch unter der einzigen brennenden Lampe und blätterte in einer Zeitung. Der Kapellenwirt lehnte am Schanktisch und empfing die Tochter mit laut scheltenden Worten, es sei einfach gegen alle Ordnung, wenn sich ein junges Mädchen allein bei Nacht draußen herumtreibe. Seine Stirn war finster gefurcht, sein breites Gesicht lief rot an. Johanna versuchte zu ihrer Verteidigung dieselben Gründe anzuführen, die sie eben vor der Mutter geltend gemacht hatte.

»Du hast ganz einfach beim Anbruch der Nacht daheim zu sein!«, donnerte Johann Steppacher.

»Jawohl, Vater.«

Er machte die Augen schmäler. »Sollte ein Kerl dahinterstecken, muss ich das wissen!«

Johanna schwieg.

Thomas hob den Kopf und schaute herüber.

Steppacher wanderte zum Fenster und schaute eine Weile hinaus. Es herrschte ein bedrückendes Schweigen

»Ha!«, platzte er dann heraus. »Nun soll für uns auf einmal kein Platz mehr sein auf dem Frauenberg!« Er atmete einmal tief durch, als würde er plötzlich keine Luft mehr bekommen. »Unser Haus ist so alt wie der Mitterhof, vielleicht sogar älter. Schon mein Großvater ist Küster der Kapelle gewesen. Nein, nein, es wird nicht gewichen! Keinen Schritt!«

»Wovon sprichst du, Vater?«, fragte Thomas.

Der Alte wandte sich vom Fenster ab und kam ein paar Schritte näher. Sohn und Tochter schauten ihn erwartungsvoll an.

Er wandte sich an Johanna: »Geh du zur Mutter in die Küche und hilf ihr, damit sie fertig wird mit der Arbeit!«

Johanna ging.

Steppacher wartete, bis sich die Tür hinter ihr geschlossen hatte, dann wandte er sich an seinen Sohn: »Verkaufen soll ich und ins Tal ziehen. Der Kapellenwirt ist dem Mitterhof im Weg.«

»Das war zu erwarten«, entgegnete Thomas, ohne die Miene zu verziehen. Der Alte blickte ihn eine Weile forschend an. »Dich scheint das nicht besonders zu berühren. Was?«

Thomas zuckte die Schultern. »Ich fürchte, dass es keinen Zweck hat, sich dagegen zu sträuben.«

»So?«, rief der Alte gedehnt, und die Furchen auf seiner Stirn wurden tiefer. »Warum hat es keinen Zweck?«

»Ich meine, wenn eines Tages keine Wallfahrer mehr zu uns kommen, wird das Geschäft bei uns aufhören.«

»Keine Wallfahrer mehr kommen? Wer sagt dir das?«, ereiferte sich Steppacher. »Solange da drüben die Kapelle steht, werden immer wieder Wallfahrer kommen, ob es dem Herrn Domin passt oder nicht!«

»Aber er kann den Zugang sperren!«

»Nichts kann er! Es sind gerade Überlegungen im Gang, den Platz, auf dem die Kapelle steht, und den Zugang dazu vom Mitterhof zu erwerben. Gemeinde und Kirchenverwaltung wollen die Kosten tragen.«

»Es fragt sich nur, ob der Mitterhofer den Platz abgibt. Ich bezweifle das, Vater.«

»So? Fängst du gar auch damit an, gegen mich zu reden? Träumst du vielleicht davon, drunten im Tal in ein Haus zu ziehen, weil du glaubst, die Arbeit sei dort leichter zu schaffen? Dann sag ich dir nur: Du bist als Sohn des Kapellenwirts geboren. Die Bewohner des Frauenbergs zählen zu den Nachbarn Gottes. Verstehst du das? – Ja, auch der Mitterhofer gehört dazu!«, höhnte er. »Er ist ein feindlicher Nachbar Gottes. Die gibt es überall. Mehr brauche ich dir wohl nicht zu sagen.«

Thomas schwieg. Er wusste, wenn er jetzt auch nur ein einziges widersprechendes Wort sagte, geriet der Vater in seinen gefürchteten Jähzorn. Man musste abwarten.

Es kamen an diesem Abend keine Gäste mehr in das Wirtshaus vom Frauenberg. Manchmal fanden sich ein paar Holzknechte ein, die von den Bergwäldern herab auf dem Heimweg waren. Heute kam niemand.

Man konnte früher zu Bett gehen. Und schon bald erlosch das letzte Licht im Haus.

Johanna war schon vorher in ihrem Schlafzimmer verschwunden. Sie legte sich auch gleich nieder, konnte aber noch lange nicht einschlafen. Die Begegnung, die sie heute Abend wieder mit Dietrich Domin gehabt hatte, ging ihr nicht aus dem Kopf und beunruhigte sie zutiefst. Noch nie war er ihr gegenüber so deutlich geworden wie heute, noch nie hatte er ihr so unmissverständlich gesagt, um was es ihm ging. Das Erschreckendste für sie aber war die Erkenntnis, dass auch sie ihn liebte, dabei war der Mitterhofer der erbittertste Feind ihres Vaters, der sich durch diesen von seinem Eigentum verdrängt fühlte. Sie wusste, dass sie mit ihrer Liebe, die so plötzlich in ihrem Herzen zum Erwachen gekommen war, ihren leiblichen Vater verraten würde, und auch die Mutter, vielleicht sogar den Bruder und alle Leute im Dorf. Sie würde damit sogar ihre eigenen Grundsätze verraten, selbst Gott und die Heilige Jungfrau …

Was sollte sie tun?

Sie durfte dem Vater nicht mehr unter die Augen treten, wenn es bekannt wurde, dass sie sich von Domin durch die Wälder begleiten ließ, dass sie sogar ihren Heimweg vom Dorf über den Herzogsteig wählte, nur weil sie wusste, dass er irgendwo dort auf sie wartete. Aber trotzdem verlangte es sie danach, ihn zu treffen …

Sie erschrak, als plötzlich leise an ihre Tür geklopft wurde.

»Mach auf – ich bin's!«, flüsterte es draußen. Es war Thomas.

Sie ließ ihn ein. Leise drückte er die Tür zu. »Was ist denn?«, fragte sie.

Er schaute sie mit seltsamem Blick an. »Ich möcht dich nur fragen, ob es wahr ist, dass du dich mit dem Mitterhofer heimlich triffst?«

Das Blut wich ihr aus dem Gesicht. »Wer sagt das?«

»Das ist unwichtig. Man hat dich mit ihm gesehen.«

»Wer?«

Er winkte ab. »Ich will nur von dir hören, ob es wahr ist!«

Sie konnte nicht antworten und setzte sich auf das Bett. Er schaute auf sie nieder. »Brauchst dich nicht zu ängstigen! Der Vater wird es nicht erfahren, wenigstens von mir nicht. Ich sehe schon, dass es wahr ist. Es mag ja sein, dass der Domin es ehrlich meint mit dir – und auch mit uns. Aber du solltest bedenken, dass für Leute von seinem Schlag die Ehe kein Sakrament ist. Wenn er eines Tages an einer anderen Frau Gefallen findet, schiebt er dich beiseite. Und das könnte ich nicht mit ansehen, Johanna. Das wollte ich dir sagen.«

Sie war noch immer zu keiner Antwort fähig. Da setzte er sich zu ihr auf das Bett. »Das ist aber nicht die einzige Sorge, die ich gerade habe, und vielleicht ist es ein Glück, dass du dich mit dem Domin so gut verstehst. Du weißt doch, dass er den Vater überreden möchte, vom Frauenberg ins Tal umzusiedeln. Es mag von ihm gut gemeint sein, denn über kurz oder lang fehlt uns hier sogar das Salz für die Suppe, wenn es so weit kommen sollte, dass keine Wallfahrer mehr bei uns einkehren. Von unserer kleinen Landwirtschaft können wir uns nicht ernähren, auch wenn ich als Holzfäller in Taglohn ginge. Der Vater ist alt, für ihn mag es ja noch reichen, aber wir beide haben hier am Frauenberg keine Zukunft mehr. Das verstehst du doch?«

Sie nickte.

»Im Augenblick ist mit dem Vater noch nichts zu machen, man kann nicht einmal mit ihm reden. Ich habe es schon ein paar Mal vorsichtig versucht, aber er schlägt sofort wütend auf den Tisch ein. Nun habe ich gedacht, du könntest den Domin dazu bringen, dass er noch einige Zeit Geduld hat, bis der Vater selbst zur Einsicht kommt. Solange sollte er noch warten und die Wallfahrer am Frauenberg dulden. Wenn er dich wirklich gern hat, wird er auf dich hören.«

Sie sagte lange nichts.

»Und dann?«, fragte sie endlich.

»Wie?«

»Angenommen, er wartet so lange, bis der Vater eingesehen hat, dass eine Umsiedlung ins Tal nötig ist, was soll dann sein, Thomas? Ich meine mit der Kapelle, mit den Wallfahrern?«

»Egal, was passiert, wir können es nicht verhindern, Johanna. Vielleicht hat er wenigstens so viel Ehrfurcht vor der Kapelle, dass er sie stehen lässt.«

Sie sagte nichts.

»Nun? Wirst du mit ihm sprechen?«, fragte er.

»Nein.«

Er schaute sie bestürzt an. »Dann wird es zu einem Unglück kommen!«

»Eben deshalb kann ich nichts tun.«

»Aber du liebst ihn doch?«

»Das weiß ich nicht!«

»Warum triffst du dich dann mit ihm?«

»Das war ein Zufall.«

»Ach so! Du gehst also ganz zufällig neuerdings über den Herzogsteig?«, spottete er und stand auf. »Du lügst, Johanna!«

Sie erschrak über seine Heftigkeit. »Thomas, bitte, versteh mich doch! Ich leugne nicht, dass ich mich schon öfter mit ihm getroffen habe. Vielleicht hat es mir gefallen, über den Herzogsteig zu gehen, damit er mir dort begegnen kann. Er behauptet zwar, dass er mich liebt, gleichzeitig bedrängt er uns aber auf diese Weise und lacht über unseren Glauben und die Verehrung, die wir der Kapelle entgegenbringen. Schon deshalb kann ich ihn um nichts bitten! Ich kann es ganz einfach nicht.«

»Dann wird es eines Tages zu spät sein.«

»Ich kann es nicht aufhalten.«

Thomas ging schweigend zur Tür. Er wandte sich noch einmal nach ihr um, als wollte er etwas sagen. Aber er sagte nichts mehr und ging leise hinaus.

6

Die Wiesen waren abgemäht. Bis auf wenige Reste, die noch zum Dörren herumlagen, war das Heu daheim in den Scheunen. Manchmal gingen am frühen Abend oder in der Nacht schwere Gewitter nieder, deren Regengüsse den Boden tränkten, so dass ein kräftiges Wachstum der zweiten Mahd begann. Abermals erklang vom Frauenberg die Glocke der Kapelle und läutete den Feierabend ein, abermals zog der Kapellenwirt Johann Steppacher am Strang, so kraftvoll wie immer. Als der Mann die Kapelle verließ, stand wieder einmal Dietrich Domin vor ihm. Sie sahen sich an. Der Kapellenwirt wollte an ihm vorbeigehen, ohne ihm Beachtung zu schenken, aber der Mitterhofer vertrat ihm den Weg.

»Passt Ihnen etwas nicht?«, fragte Steppacher.

»Mein lieber Mann, Sie haben es ganz besonderen Umständen zu verdanken, dass ich Sie bis heute noch immer gewähren ließ. Im Allgemeinen pflege ich kurzen Prozess zu machen.«

Der Kapellenwirt streifte ihn nur mit einem geringschätzigen Blick. »Welchen Prozess?«

»Dass ich Ihnen die Läuterei einfach verbiete!«

»Glauben Sie allen Ernstes, dass ich es dann unterlassen würde?«

»Natürlich glaube ich das, weil Ihnen gar nichts anderes übrig bleibt, und wenn ich eine gerichtliche Entscheidung herbeiführen müsste.«

Steppacher warf trotzig den Kopf zurück. »Tun Sie es doch, wenn Sie sich nicht schämen. Was haben Sie denn für einen Schaden, wenn die Wallfahrer zur Kapelle pilgern? Keinen! Was zerstören sie Ihnen? Was zerbrechen sie? Nichts! Ihnen geht es um etwas ganz anderes, Herr Domin! Ich habe Sie längst durchschaut. Sie wollen mich aus irgendeinem Grund hier aus meinem Haus vertreiben. Warum bieten Sie das Stückchen Grund nicht der Gemeinde zum Kauf an? Es ist sowieso wertlos für Sie. Nein, Sie wollen sogar meine Grundstücke dazu erwerben. Haben Sie noch nicht genug?«

Domin winkte mit der Hand unwirsch ab. »Ich habe Ihnen einen für Sie weit günstigeren Tausch vorgeschlagen.«

»Ich will nicht!«

»Leider. Und damit bringen Sie sich selbst und Ihrer Familie großes Leid. Was sind Sie bloß für ein Narr, Steppacher! Kein Grundbesitzer gibt ohne Not ein Stück seines Bodens her, auch wenn es noch so klein und wertlos ist. Im Gegenteil, er versucht, noch mehr Grund zu erwerben. Es kann also keine Rede davon sein, dass ich den Kapellengrund und die

Zufahrtsstraße an das Dorf oder an sonst jemanden abtrete.«

Steppacher verlor langsam die Nerven. »Dass wir nichts Gutes von Ihnen zu erwarten hatten, das habe ich Ihnen schon am ersten Tag angesehen. Aber täuschen Sie sich nur nicht, Herr Domin! Sie finden hier keinen Verbündeten! Ich glaube, nicht einmal der Moritz von der Wildalm ist schlecht genug, um Ihnen seine Hand zu reichen!«

Domin, der bereits gehen wollte, wandte sich noch einmal nach dem robusten Mann um und maß ihn mit einem fast triumphierenden Blick. »Jetzt passen Sie einmal gut auf, Steppacher: Von morgen an ist es Ihnen und jedem anderen untersagt, mein Grundstück zu betreten, und wäre es nur deshalb, am Abend die Glocke zu läuten. Verstehen Sie mich? Euren Pfarrer drunten im Dorf werde ich persönlich davon unterrichten, dass keine Prozession mehr stattfinden und keine Messe mehr gelesen werden darf. Das haben Sie Ihrem verdammten Dickschädel zuzuschreiben! Mehr habe ich im Moment nicht zu sagen.«

Er ging weiter, aber der Kapellenwirt war hinter ihm her. Seine Augen funkelten vor Empörung.

»Es ist ein altes und heiliges Gelübde, dass die Glocke der Frauenbergkapelle jeden Abend zum Gebet geläutet wird!«, rief er. »Sie wird auch geläutet, wenn drunten im Tal ein großes Feuer ausbricht oder vom Berg eine Gefahr droht.«

Domin verzog nur spöttisch seinen Mund. »Lassen Sie mich in Ruhe, Mann! Überlegen Sie lieber, welche Folgen Ihre Zuwiderhandlung für das Dorf haben kann!«

Er ging weiter und ließ den Kapellenwirt mit geballten Fäusten zurück.

Obwohl sich auf den Bergspitzen noch der rötliche Schein der untergehenden Sonne spiegelte, wurde es im Wald bereits dunkel. Es herrschte ein tiefes, bereits unheimliches Schweigen. Dann und wann erscholl noch ein scheuer Vogelruf oder es war ein leises Knacken und Bersten im dichten Gehölz, wenn das Rotwild dort seinen nächtlichen Schlupfwinkel aufsuchte. Aber da knirschten auf einmal die Räder eines Leiterwagens auf dem steinigen, holperigen Weg. Der Handkarren wurde von zwei Frauen gezogen, einer älteren und einer noch sehr jungen. Beide waren etwas ärmlich, aber ordentlich gekleidet und hatten zum Schutz des Haares Kopftücher umgebunden. Ihren Karren hatten sie bis über die Leitern hinauf mit Reisig aus dem Wald beladen.

Es war die Talmüllerin, eine Witwe aus dem Dorf, und neben ihr zog ihre Tochter Bärbel den Karren. Der Mann der Talmüllerin war Holzfäller gewesen, der schon vor vielen Jahren von einem fallenden Baum erschlagen worden war. Die Bärbel war damals noch ein kleines Kind gewesen und konnte sich kaum mehr an ihren Vater erinnern. Jetzt war sie ein hübsches, natürliches junges Mädchen, das seiner Mutter bei allerlei Lohnarbeiten half, womit sie ihr Dasein fristeten. Sie wohnten im Tal in einem kleinen, alten Haus in der Nähe des Dorfes, das einem allein stehenden alten Schreiner gehörte, den die Talmüllerin, seitdem er wegen eines Beinleidens kaum mehr das Haus verlassen konnte, dafür pflegend betreute.

Als sie jetzt ihren Holzkarren über eine Brücke zogen, hörten sie plötzlich einen Ruf. Dietrich Domin war gerade aus dem Gehölz getreten und kam heran. Die beiden Frauen blieben stehen und wappneten sich innerlich, denn sein Gesicht ließ nichts Gutes ahnen.

»Woher ist das Holz?«, fragte er streng.

»Da aus dem Wald«, antwortete die Talmüllerin zwar leise, aber keineswegs eingeschüchtert.

»Zeig mir den Holzleseschein!«, befahl der Mitterhofer.

Aber die Talmüllerin hatte keinen Holzleseschein. Schon seit Jahren sammelte sie den Holzvorrat für den Winter im Wald und noch nie hatte jemand etwas daran auszusetzen gehabt. Im Gegenteil, wenn der Grandl Max, der frühere Wald- und Wildpfleger vom Mitterhof, ihr begegnet war, hatten sie sogar freundlich miteinander geplaudert. Sie hatte auch immer nur das dürre Astholz aufgelesen, das ohnehin auf der Erde verfaulte, wenn es liegen blieb.

»Einen Holzleseschein?«, staunte die Talmüllerin. »Ich habe keinen.«

»Ohne Erlaubnis darf hier niemand das Holz wegholen!«, schimpfte Domin. »Das ist regelrechter Diebstahl. Verstanden?«

Die Talmüllerin bekam große Augen. »Diebstahl? Das soll Diebstahl sein, wenn man das dürre Zeug zusammensammelt, das jedes Jahr am Boden verfault? Wir sind keine Diebe, Herr Domin!« Die Talmüllerin lachte, es klang halb verlegen, halb spöttisch. »Das hat mir noch niemand gesagt«, fuhr sie fort und wollte den Karren wieder weiterziehen. Aber Domin geriet in Wut. Er stieß den Karren mit dem Fuß von der Brücke, und da die Frauen ihn vor Schreck losließen, kollerte er über den Abhang und überschlug sich ein paar Mal.

Domin stieß ein grobes Lachen aus. »Ich werde euch zeigen, wer hier in diesem Wald das Sagen hat. Wenn ich euch noch einmal dabei erwischen sollte, gibt es eine Anzeige.« Ohne sich weiter darum zu kümmern, wie die beiden Frauen wohl den Karren wieder herauf zum Weg bringen würden, ging er weiter und verschwand im Gehölz.

Während die Talmüllerin Verwünschungen gegen den Mitterhofer ausstieß, überlegte Bärbel fieberhaft, wie man den Karren wieder auf den Weg hieven könnte. Da der volle Karren zu schwer war für die beiden Frauen, mussten sie das Holz wohl zurücklassen und versuchen, den Karren leer heraufzuschieben. Sie ließ sich über die Böschung hinab und versuchte vergeblich, den Wagen aufzurichten. Er war zu schwer und die Mutter konnte ihr nicht zu Hilfe kommen, sie wäre an dem steilen Abhang sicher gestürzt. Da stand plötzlich ein junger Bursche neben der Bärbel, ohne dass sie gesehen hätte, woher er gekommen war. Sie wusste zunächst nicht, wen sie vor sich hatte, weil sein Hut tief ins Gesicht gezogen war. Aber an seiner Stimme erkannte sie ihn, als er sagte: »Lass nur, Bärbel. Ich mach das schon.«

Sie blickten sich nur ganz kurz an, dann richtete er kraftvoll den Wagen auf, schlug Schritt für Schritt seine Schuhe in die Erde und klammerte sich fest. So schob er den Karren langsam hinauf. Und die Bärbel half ihm dabei.

»Brauchst dich nicht zu ärgern über den Deckskerl«, keuchte er. »Er macht es mit allen so!«

Sie standen am Abhang.

»Wo kommst du denn plötzlich her?«, fragte das Mädchen.

»Ich? Ich bin überall, wo du mich brauchst, Bärbel!«, lachte er. »Die Welt ist bös und die Armen haben viel zu erdulden. Ich spreche aus Erfahrung, nur wohne ich weit genug von den Menschen weg, so dass ich es nicht allzu oft zu spüren bekomme. Hau – ruck!«

Er zog wieder am Karren. Langsam klommen sie höher damit.

»Geht's?«, kam die Stimme der Talmüllerin von droben.

»Geht schon, Mutter!«, antwortete die Bärbel.

Die Talmüllerin ließ wieder eine Schimpfkanonade auf den Mitterhofer los, der sie so tief beleidigt hatte. Er hatte sie als Diebinnen bezeichnet. Wegen des aufgeklaubten dürren Astholzes!

Mit einem letzten kraftvollen Schwung zerrte Moritz den Wagen hinauf auf den Weg. Kaum ein Stück Holz war verloren gegangen, da es mit einem dicken Strick fest zusammengebunden war.

Die Talmüllerin hätte dem Burschen gern für seine Hilfe gedankt, wie er es verdient hatte, aber sein übler Ruf ließ sie zögern.

»Ist schon gut, Talmüllerin«, winkte er ab. »Kommt nur gut heim jetzt.«

»Lassen wir das Holz da?«, fragte Bärbel.

»Warum?«

»Es ist doch verboten!«

»Wie? Dann hätte ich mich umsonst geplagt?«, rief der Einödler. »Nix da! Fahrt euer Holz ruhig heim. Oder soll ich euch helfen?«

Das lehnte die Talmüllerin ab, aber sie war auch der Meinung, dass sie das Holz, das sie mit Mühe zusammengetragen hatten, mitnehmen sollten. Und die beiden Frauen zogen ihren Karren weiter. Bärbel warf dem Burschen noch einen freundlichen Blick zu. Davon sah die Mutter nichts. Aber Moritz bemerkte diesen Blick sehr wohl und war glücklich darüber.

Die Talmüllerin und ihre Tochter verließen den Wald und atmeten erst auf, als sie vom Gelände des Mitterhofs, auf dem sie fürchten mussten, Domin noch einmal zu begegnen, auf die öffentliche Straße zum Dorf gelangten. Es war dunkel geworden, und wenn sie ihren Blick zur schwarzen Hohen Grüft richteten, sahen sie die Lichter vom Mitterhof herüberschimmern. Seitdem der frühere Besitzer tot war, hatte niemand mehr dieses Gehöft betreten. Es gehörte wohl als Aussiedlerhof zum Dorf, war aber völlig unzugänglich und fremd geworden, seitdem Dietrich Domin davon Besitz ergriffen hatte.

»Lieber hole ich das Holz aus dem Sägewerk und bezahle die paar Groschen dafür, als dass ich den da drüben um einen Holzleseschein bitte«, murrte die Alte. »Er hätte doch bloß seine Freude daran, wenn er mich hinausjagen könnte.«

»Wenn nicht gerade der Moritz dazugekommen wäre, hätten wir den Karren wohl nicht über die Böschung heraufgebracht«, meinte das Mädchen.

Die Talmüllerin nickte nur. Schweigend zogen sie ihren Karren weiter.

»Woher kennst du den Kerl überhaupt?«, fragte die Mutter dann.

»Welchen Kerl?«

»Den Moritz von der Wildalm.«

»Ich hab ihn ein paar Mal getroffen, wenn ich Sonntag nachmittags zur Frauenbergkapelle hinaufgegangen bin.«

»Was wollte er dort? Beten wohl kaum!«, spöttelte die Alte.

»Das weiß ich nicht.«

»Sein Vater soll beim Wildern erschossen worden sein. Du hättest mir sagen müssen, dass du mit diesem Burschen zusammengetroffen bist. Das ist kein Umgang für dich!«

»Er hat mir nichts getan, Mutter!«

»Das hätte auch noch gefehlt! Du weißt doch, was man im Dorf von diesem Kerl hält, darum sollst du ihn meiden.«

Damit, glaubte die Talmüllerin, war alles gesagt, falls das unerfahrene, leichtgläubige Mädchen gar noch Gefallen an diesem Streuner finden sollte. So weit durfte die Dankbarkeit für seine Hilfe bei der Karrengeschichte doch nicht gehen, dass man ihn jetzt lobte. Aber die Bärbel hatte ihre eigenen Gedanken über Moritz, die sie der Mutter jedoch verschwieg, denn längst hatte sie sich ihr eigenes Bild von dem Wildalmer gemacht.

Nachdenklich setzten sie ihren Weg fort, als ihnen auf der Straße eine dunkle Gestalt entgegenkam. An den kleinen, trippelnden Schritten und an der gebeugten Haltung erkannten sie ihn schon, bevor sie sein Gesicht unterscheiden konnten. Es war der alte

Marterl-Muk, eine auffallende Erscheinung und in der ganzen Gegend bekannt. Früher war der Muk, dessen Taufname eigentlich Nepomuk lautete, Schafhirte gewesen, bis er vom Alter gebeugt und geschwächt wurde. Jetzt lebte er abwechselnd bald bei diesem, bald bei jenem Bauern im Gnadenbrot, das heißt, er bekam von den größeren Bauern für eine gewisse Zeit Kost und Schlafstelle. Sein Talent für das Malen und seine Handfertigkeit befähigten ihn dazu, an den Stellen, wo Menschen im Unwetter oder durch eigene Unvorsichtigkeit zu Tode gekommen waren, ein Marterl zu setzen und darauf den Hergang des Unglücks darzustellen, was ihm im Dorf den Namen Marterl-Muk eingebracht hatte. Er war heut ein alter Mann mit weißen Haaren, aber er stieg immer noch mit seinem Farbtopf in den Bergen herum, um an seinen Marterln die verblichenen Bilder und Inschriften wieder aufzufrischen.

Er war auch zu einem recht wunderlichen Menschen geworden, und man hätte zuweilen über seine weisen Sprüche und Prophezeiungen erschrecken können, hätte man daran geglaubt. So aber lachte man über ihn und ließ ihn reden. Er galt als mehr oder weniger absonderlich, aber man staunte, was er alles von dem noch wusste, was früher geschehen war, sogar die kleinsten und nichtigsten Dinge. Er wusste noch weit mehr als alle anderen alten Menschen, und er konnte so genau erzählen, als wäre er immer selbst dabei gewesen. Der Marterl-Muk war die lebendige Dorfchronik. Aber er war kein Schwätzer. Dinge, die ihm unter dem Siegel der Verschwiegenheit anvertraut worden waren, sagte er nicht weiter und bewahrte sie als Geheimnis. Er kannte jeden einzelnen Dorfbewohner und Einödler, auch die, mit denen er nie etwas zu tun hatte. Sein abgetragenes Gewand glich einer Kutte, und der breiträndrige schwarze Hut, der sein schmales, graues Gesicht verdeckte, passte dazu. Man sah ihn immer in diesem Aufzug, im Sommer wie im Winter.

»Wohin denn noch, Muk?«, sprach die Talmüllerin ihn freundlich an.

Sie blieben voreinander stehen.

»Zum Kapellenwirt«, sagte der Muk mit seiner belegten Stimme.

»Hat man im Dorf für dich etwa keinen Platz mehr, dass du noch bis zum Frauenberg aufsteigen musst?«, wollte die Talmüllerin empört wissen. So einer wie der Muk war immer ein unerwünschter Gast, den ein Haus dem anderen zuschieben wollte. Und das ärgerte die Talmüllerin, die nach dem Tod ihres Mannes Ähnliches durchgemacht hatte.

Aber der Muk schüttelte den Kopf. »Man sagt, dass die Glocke droben nicht mehr geläutet werden darf, nicht einmal die Wochenmesse soll in der Kapelle mehr gelesen werden.«

»Ja, das hab ich auch gehört«, bestätigte die Talmüllerin. »Der neue Herr vom Mitterhof ist ein Heide.«

»Schlimmer als ein Heide ist er. Aber mich kann er nicht vertreiben. Ich werde noch in die Kapelle gehen und vor dem Bild der heiligen Jungfrau eine Kerze anzünden. Man darf sie jetzt nicht ganz verlassen.«

»Hast schon recht, Muk, nur fürchte ich, dass du vom Grundstück gejagt wirst wie der Kapellenwirt.«

»Vielleicht wird der da drüben, der Mitterhofer, von seinem eigenen Grund und Boden gejagt. Gott lässt nicht mit sich spotten, Talmüllerin! Es sind viele Jahre vergangen, seitdem von der Hohen Grüft der letzte Steinschlag niedergegangen ist. Der passierte, als ich noch mit den Schafen über den oberen Berg gezogen bin. Es war mitten in der Nacht, da rauschte die Mure herab, brach durch die Wälder und mähte die Bäume wie Grashalme nieder. Menschen und Tiere flohen. Es war wie der Untergang der Welt. Die Glocke vom Frauenberg läutete bis zum neuen Morgen. Bei Tag suchten wir die Toten und gruben im Geröll. Es war eine große Furcht und zum Frauenberg zogen Prozessionen. Seitdem schweigt der Berg, aber ich hab die Stimme von der Hohen Grüft gehört. Man lacht darüber, aber ich habe sie gehört. Die heilige Jungfrau vom Frauenberg ist mächtiger als wir Menschen, wir müssen ihr dienen …« Er sprach noch, als er bereits weiterging.

Die Talmüllerin und die Tochter schauten sich bestürzt an.

»Er ist verrückt!«, sagte die Alte. »Komm!«

Sie setzten ihren Weg mit dem Karren fort.

7

Johann Steppacher verließ das Dorf. Seine Miene war finster. Hart fielen seine Schritte auf die Erde und knirschten im Kies. Seine Fäuste waren geballt und ab und zu stieß er im Selbstgespräch heftige Verwünschungen aus. Er hatte nicht erwartet, dass er tauben Ohren predigen würde, wenn er von den Gefahren sprach, die durch den Mitterhofer nicht nur ihm selbst und dem geweihten Frauenberg drohten, sondern auch dem Dorf, wenn dieser gottesleugnerische Domin immer größeren Einfluss auf die jungen Leute gewann, die heute schon gleichgültig zuschauten, wie Stück um Stück des alten, frommen Brauchtums verloren ging.

»In Gottes Namen«, sagten die Leute dazu. »Es wird schon nicht alles so heiß gegessen werden, wie es gekocht ist.«

Auch beim Pfarrer des Dorfes hatte Steppacher noch vorgesprochen und erfahren, dass auch dieser Mann, von dem man glauben sollte, dass er mit heiligem Zorn das antichristliche Verhalten Domins verurteilen müsste, vor unüberlegten Maßnahmen warnte, die nur dazu führten, die aufgerissene Kluft noch zu vertiefen. Ohne sichtliche Erregung hatte der

Geistliche ihm mitgeteilt, dass er vor ein paar Tagen schon das Allerheiligste von der Kapelle in die Kirche herabgeholt habe.

»Wir dürfen es nicht bis zur Gewaltanwendung kommen lassen, Steppacher, damit erweisen wir dem Frieden einen schlechten Dienst. Was wir wollen, lässt sich nur mit Ruhe, Besonnenheit und Zeit erreichen. Solange muss eben der Wille fürs Werk gelten.«

»Damit wird also ein Gelübde einfach gebrochen?«

»Nein, nicht gebrochen – nur unterbrochen.«

»Ich darf also nicht mehr die Glocke läuten, Herr Pfarrer?«

»Nein.«

»Es findet keine Messfeier mehr statt auf dem Frauenberg?«

»Nein.«

»Was ist dann mit der großen Pilgerprozession an Maria Himmelfahrt?«

»Sie muss eben unterbleiben.«

»Wir geben unserer Jugend ein schlechtes Beispiel, Herr Pfarrer, und wir brauchen uns nicht zu wundern, wenn in wenigen Jahren unsere Kirchenstühle leer bleiben.«

»Das wollen wir Gott überlassen, Steppacher. Wir haben kein Recht auf die Kapelle, die heute grundeigener Besitz des Mitterhofers ist, aber ich werde weiterhin mit Herrn Domin verhandeln, und ich werde es so lange tun, bis ein für beide Seiten tragbarer Vergleich zustande kommt. Also Geduld, Steppacher!«

An diesen Dialog, den er mit dem Pfarrer hatte, dachte der Kapellenwirt, als er durch die Wälder heimwärts ging. Er spuckte aus vor so viel Feigheit, die ihm heut begegnet war. Keine Glocke mehr! Keine Messe! Keine Prozession! Nur weil man keinen Streit wollte! Steppacher lachte grimmig auf. Hinter dem Berg ging der Mond auf. Milchig weiß fiel sein Licht auf die zauberhafte Landschaft mit ihren Höhen und Tiefen, es wob an dem Schleier, womit es die schlummernden Kräfte der Natur zudeckte. Nur die gigantischen Felsberge ragten als schwarze Silhouetten in den hellen Nachthimmel, allen voran die zerrissene und verwitterte Hohe Grüft.

Lange führte der Weg ihn durch den dunklen Wald. Nichts rührte sich. Es war sehr still und einsam geworden um den Frauenberg. Man konnte fast erschrecken, wenn irgendwo ein Stein ins Rollen kam und in die Tiefe kollerte.

Kein einziger Mensch begegnete ihm, kein Tier.

Als die Kapelle in Sicht kam, strahlte das Dach, auf dem sich der Mondschein spiegelte, ein gespenstisches Licht aus, es schimmerte durch das dunkle Geäst der Bäume. Steppacher näherte sich der Kapelle. Die Fenster waren dunkel, das rote Lämpchen, das Tag und Nacht brannte, war gelöscht worden, als der Pfarrer das Allerheiligste wegtrug.

»Aber den Schlüssel hab ich noch!«, flüsterte der Kapellenwirt. Er griff in das Gitter des Torfensters, hielt sich daran fest und schaute in die Kapelle. Nur die Kerzenleuchter am Altar schimmerten im schwachen Mondlicht, das durch die Fenster hineindrang. Sonst war alles dunkel. Und schrecklich still …

»Ich lasse mich nicht von hier vertreiben! Hilf mir, himmlische Frau!«, betete er und klammerte sich an den dicken Eisenstäben fest. Als er sich umwandte, sah er eine schwarze Gestalt hinter sich stehen.

»Muk? Was tust denn du noch auf dem Weg?«, fragte er.

»Ich muss auf die Menschen achten, Steppacher, damit man weiß, was sie tun, auch in der Nacht«, war die seltsame Antwort des alten Marterlsetzers. »Ich wollte es nicht glauben: Die Frauenkapelle ist tot.«

»Das ist leider wahr, Muk. Das Allerheiligste wurde hinuntergeholt und das Ewige Licht gelöscht.«

Der alte Marterlsetzer warf seinen Kopf zurück, dass das Mondlicht auf sein schmales Gesicht fiel. Seine Augen irrten über den Himmel, als wollte er die Sterne zählen. »Höre, was ich dir sage, Steppacher: Die Glocke vom Frauenberg wird wieder läuten, es wird die Wochenmesse wieder gelesen werden und es werden wieder Menschen zur Kapelle pilgern. Merk dir: Die Pforten der Hölle werden sie nicht überwältigen. Gott ist da und wir sind seine Nachbarn!«

Der Kapellenwirt war seltsam beeindruckt von dieser Rede des Alten. Er blickte in das mondbeschienene, bleiche Gesicht. »Ich habe keine Angst, Muk, nur Zorn, viel Zorn!«

»Auf deine Kinder wohl? Ich kann es mir denken, sie sind nahe daran, dem Teufel auf den Leim zu gehen.«

»Was?«, Steppacher horchte auf. »Was redest du da, Muk?«

»Hörst du schlecht, Steppacher? Ich mag es nicht wiederholen! Gib auf deine Kinder Acht. Der Löwe schleicht umher und sucht sie zu verschlingen ...«

Die Hand des Kapellenwirts fuhr dem Alten grob an die Brust, packte ihn und schüttelte ihn. »Bist du wahnsinnig?«, schrie er. »Auf meine Kinder kann ich mich voll und ganz verlassen!«

»Sei dankbar, wenn ich dir sage, was ich weiß!«, keuchte der Alte. »Ich warne dich, Steppacher, denn du machst so vieles falsch!«

»Was mache ich falsch? Ich habe die Glocke geläutet, obwohl es mir untersagt war, ich habe bei der Wochenmesse den Sakristan gemacht. Ich habe das teuflische Angebot des Mitterhofers zurückgewiesen, womit er mich vom Frauenberg und der Kapelle fernhalten wollte, ich habe ...«

»Du hast auf deine Kinder nicht Acht gegeben!«, fiel der Alte ihm ins Wort. »Sie gehen ihre eigenen Wege!«

»Wie?«, schrie der Kapellenwirt. »Hast du vielleicht etwas gesehen oder gehört?«

»Ich habe deine Tochter schon oftmals in Begleitung des Mitterhofers gesehen, als wäre es zwischen den beiden zu einer heimlichen Liebschaft gekommen.«

»Muk!«, schrie Steppacher wie von Sinnen. »Ich erschlage dich, wenn du mich belügst. Meine Tochter soll mit dem Mitterhofer gehen?« Er lachte schrecklich auf. »Du bist wahnsinnig, Muk! Du gehörst in ein Irrenhaus!«

Die Augen des Alten funkelten aus dem bleichen Gesicht. »Geh heim, Steppacher! Schau zu, ob deine Leute alle zu Hause sind. Was stehst du noch da?«

Der Kapellenwirt brachte kein Wort mehr hervor. Er rang nach Luft, als wäre er am Ersticken, und stieß den armen Marterl-Muk von sich, dass dieser wankte und beinahe zu Boden gestürzt wäre. Mit großen Schritten ging Johann Steppacher davon, ohne sich noch um den Alten zu kümmern.

Als er daheim in die Wirtsstube trat, sah er zu seiner großen Bestürzung Dietrich Domin an einem der Tische sitzen. Seine Jägerjoppe der Wärme wegen aufgeknöpft, den Hut zurückgeschoben und vor sich auf dem Tisch den Krug, machte er den Eindruck eines friedlichen Gastes. Neben ihm saß Thomas, der Wirtssohn, und leistete ihm offenbar Gesellschaft, bediente ihn und füllte den Krug nach, wenn er ausgetrunken war. Sonst war niemand in der Stube. Es brannte nur die eine Lampe über dem Tisch, weshalb der übrige Raum im Halbdunkel lag.

»Sie haben sich wohl verirrt, Herr Domin?«, sagte Steppacher ohne den üblichen Gruß und mit schneidender Stimme. Mit einer unwirschen Bewegung warf er seinen Hut auf das Fensterbrett.

»Wieso?«, fragte der Mitterhofer gleichgültig. »Ich nehme an, dass ich hier in einem öffentlichen Gasthaus sitze, zu dem jedermann Zutritt hat. Oder nicht?«

»O nein! Wenn auch meine Tür für jeden offen steht, so hat doch nicht jedermann Zutritt in meinem Haus«, erwiderte Steppacher. »Sie jedenfalls nicht! Ich fordere Sie also auf, unverzüglich zu gehen, sonst ...«

»Sonst?«

» ... müsste ich von meinem Hausrecht Gebrauch machen, Herr Domin. Verstehen Sie das?«

Das Gesicht des Mitterhofers blieb unbeweglich, es wechselte nur ein wenig die Farbe. Er vermochte sogar noch zu lächeln, als er schweigend aufstand und sein Bier bezahlte, indem er das Geld mit ruhiger Hand auf den Tisch zählte.

»Nun, dann muss ich eben gehen«, sagte er mit verhaltener Stimme. »Es tut mir Leid, dass es zwischen uns zu einer solchen Feindschaft gekommen ist, Steppacher!«

»Das liegt ganz bei Ihnen.«

»Glauben Sie? Ich bin da etwas anderer Meinung. Mit Leuten von Ihrer Art kann man keinen Frieden halten. Und damit – das muss ich Ihnen sagen, falls Sie es immer noch nicht wissen sollten – damit nutzen Sie Ihrer Sache in keiner Weise, im Gegenteil, Sie schaden ihr eher noch.«

Steppacher antwortete nicht mehr. Er stand abgewandt am Fenster und bot seinem Gegner den breiten Rücken, nur darauf wartend, dass er ging. Domin knöpfte langsam seine Joppe zu und schob den Hut auf seinem Kopf zurecht. »Ich ersuche Sie nur noch um die Aushändigung des Schlüssels zur Kapelle, Herr Steppacher!«

Der Wirt drehte sich herum. »Wie?«

»Der Pfarrer war so klug und einsichtig, seine Sachen wegzuholen. Es hat jetzt niemand mehr etwas darin verloren.«

»Den Schlüssel bekommen Sie von mir nicht, Herr Domin, wenigstens nicht, solange ich am Leben bin und es verhindern kann.«

Domin zuckte bedauernd die Schulter. »Wenn es Ihnen lieber ist, dann lasse ich ihn eben von der Polizei abholen.«

»Tun Sie, was Sie wollen, nur verlassen Sie jetzt mein Haus!«

Domin ging zur Tür, schaute noch einmal zurück und brummte einen Gruß. Dann verließ er die Stube.

Steppacher wartete noch, bis die Haustüre zugefallen war. Dann erst blickte er seinem Sohn eine Weile starr ins Gesicht, der in trotziger Haltung dastand.

»Wo ist die Johanna?«, fragte der Alte barsch.

Thomas zuckte die Schultern. »Vielleicht bei der Mutter.«

»Bei der Mutter?«

»Die Mutter ist am Abend am Herd zusammengebrochen. Wir haben sie ins Bett gebracht. Es geht ihr nun wieder etwas besser.«

Steppacher riss erschrocken die Augen auf. »Krank?«

Thomas nickte.

»Wir werden morgen den Arzt rufen. Vielleicht spukt wieder das Herz bei ihr. Wäre kein Wunder bei diesen täglichen Aufregungen. Geh und rufe mir die Johanna in die Stube!«

In seiner Erregung dachte er gar nicht daran, nach seiner kranken Frau zu schauen. Vielleicht wollte er es auch jetzt nicht gleich tun in seiner Heftigkeit, weil er fürchtete, sie noch nervöser zu machen.

Es dauerte eine lange Weile, bis Thomas mit seiner Schwester zurückkam. Johanna sah blass aus und blickte den Vater ängstlich an, der erregt in der Stube auf und ab ging.

»Was ist mit der Mutter?«, fragte er mit rauer Stimme.

»Es geht ihr schon etwas besser.«

Er blieb dicht vor ihr stehen und schaute auf sie herab. Sie wich seinem Blick nicht aus, aber sie musste ihre ganze Kraft zusammennehmen, um ihm standhalten zu können.

»Ich habe dich etwas zu fragen«, begann er mit unheildrohender Stimme. »Versuche nicht, mich anzulügen! Was treibt dich dazu, mit dem gottverdammten Mitterhofer heimliche Zusammenkünfte zu veranstalten?«

Dem Mädchen wich das Blut bis zum letzten Tropfen aus dem Gesicht. Es kam lange keine Antwort. Und der Vater wartete.

Sie fühlte, wie die Spannung wuchs. Sie sah die Gefahr.

»Ich wollte es nicht«, begann sie dann ängstlich. »Er ist mir halt oft begegnet, wenn ich vom Dorf heimkehrte …«

»Wo?«

»Am Herzogsteig.«

»Du gingst über den Herzogsteig, obwohl es ein Umweg ist? Du hast dich also mit ihm verabredet gehabt?« Im Gesicht Steppachers ging jetzt etwas vor sich. »Du hast wohl diesen gottesleugnerischen Menschen zu deinem Liebhaber auserkoren? Wie?«, brüllte er plötzlich so laut, dass es von den Wänden hallte. »Bist du denn so ehrvergessen, dass du dich ausgerechnet mit diesem Kerl einlässt, der uns alle in eine solche Not gebracht hat?«

»Pst! Vater!«, mahnte Thomas, der bleich danebenstand. »Die Mutter hört es, wenn du so schreist!«

Steppacher warf ihm nur einen funkelnden Blick zu. Er beachtete die Mahnung nicht und schrie weiter. »Und das alles geschieht hinter meinem Rücken. Nein! Widersprich mir jetzt nicht! Ich könnt mich vergessen sonst! Wenn es dir aber gefallen kann, dass jetzt durch deinen Liebhaber das Tabernakel der Kapelle leer steht und das Ewige Licht gelöscht wurde, dann geh hin zu ihm und wirf dich in seine Arme! Vielleicht stößt er dich einmal mit einem Fußtritt von sich, wenn er genug hat von dir. Aber ich, ich, dein Vater, habe auch genug an solchen missratenen Kindern. Alle haben mich verlassen, die eigene Tochter hat mich verraten. O du – du …«

Sie gab keine Antwort. Da stürzte er sich mit erhobenen Fäusten auf sie, um sie zu schlagen. Thomas sprang hinzu und fiel dem tobenden Vater in den Arm. Sie rangen miteinander, während das Mädchen entsetzt aus der Stube floh.

»Wie?«, schrie Steppacher keuchend und außer sich. »Du bist auch gegen mich?«

»Du vergisst, was du tust, Vater! Bist du wahnsinnig geworden?«

Sie ließen voneinander ab.

»Ha! Wahnsinnig nennst du mich? Mich, deinen Vater?«, rief der Alte.

»Willst du denn deine Tochter erschlagen? Was hat sie denn schon verbrochen? Kann sie dafür, wenn Dietrich Domin ihr nachstellt?«

»Sie hätte es mir sagen müssen.«

»Und dann?«

»Ich hätte ihm dafür die Knochen gebrochen. Ist es nicht offensichtlich, dass er mich um meine Existenz bringt? Um das tägliche Brot? Siehst du darin gar noch ein gutes Werk, wenn er mich von Haus und Hof verjagen will? Wie?«

»Er hat dir das beste Tauschangebot gemacht, das man in so einem Fall überhaupt machen kann, Vater. Du hast es eigensinnig zurückgewiesen! Haben wir uns denn nicht lange genug auf unseren mageren Bergwiesen geplagt und abgeschunden, ohne etwas zu erreichen? Immer wieder liegt alles voller Steine, die vom Berg kommen. Wir schleppen sie weg und morgen liegen neue da. Drunten im Tal hätten wir unser Brot leichter verdient. Warum willst du das nicht einsehen?«

»Schweig, du Grünschnabel!«, unterbrach ihn der Vater. »Du weißt es nicht und willst es nicht wissen, um was es geht. Nenne dein Vaterhaus jetzt nur auch noch ein altes Gelump, dann sind wir zwei fertig miteinander.«

Das Gesicht des Sohnes verriet immer deutlicher den Widerstand, den er seinem Vater entgegenzusetzen beabsichtigte. »Wenn du mit deinem einsamen und harten Leben hier auf dem Frauenberg zufrieden warst, muss ich es als dein Sohn dann etwa auch sein, wenn ich es leichter und besser haben könnte? Was soll aus dem Wirtshaus werden, wenn wochen- und monatelang keine Gäste mehr kommen? Sollen wir auf die Zwangsversteigerung warten?«

Der Alte warf ihm einen verächtlichen Blick zu.

»Wir bleiben, wo wir sind! Das ist mein Wille, den mir kein Mensch ausreden darf und kann. Sollte es dir jedoch daheim bei uns nicht mehr gefallen, dann musst du eben gehen.«

Der Junge machte seine Augen jetzt ganz schmal.

»Sagst du das im Ernst, Vater?«

»Hab ich je einmal anders gesprochen, als ich denke?«

Jetzt richtete Thomas sich zornig auf. »Hast du auch bedacht, welches Leben wir hier bis heute gehabt haben? Nur Arbeit und wieder Arbeit, vom frühen Morgen bis spät in die Nacht hinein Arbeit! Am Sonntag in die Kirche, dann gleich wieder heim und an die Arbeit. Nein, nie hast du dich gefragt, ob wir gerne so leben! Es durfte immer nur getan werden, was du bestimmt hast! Wir mussten dazu schweigen, auch wenn du dir mit deinem Eigensinn Feinde gemacht hast! Es musste uns alles recht sein, was du getan oder befohlen hast! Jetzt mag ich nicht mehr! Ich sehe ganz genau, wer an diesem Streit mit dem Mitterhofer die Hauptschuld trägt. Das bist du. Die Heiligen in der Kapelle in Ehren, aber sie werden uns nicht helfen, wenn die Not über uns hereinbricht. Da müssen wir schon selbst etwas tun, denn ...«

»Schweig, du Lümmel!«, unterbrach Steppacher seinen Sohn donnernd und hob die Faust. »In meinem Haus wird kein solcher Frevel geduldet!«

Aber Thomas war bereits zu sehr aufgebracht, um sich noch einmal einschüchtern zu lassen. »Wer fromm tut, muss nicht unbedingt fromm denken, Vater! Es gibt auch eine Scheinheiligkeit, ein Pharisäertum!«

»Wie? Du nennst mich einen Frömmler? Einen Pharisäer? Das hat dir wohl dieser Herr Domin beigebracht? Halte jetzt deinen Mund, sonst vergesse ich mich!«

Thomas war nicht mehr zurückzuhalten. »Jawohl, du bist ein Heuchler!«, schrie er. »Es ist nur das Geschäft, das du mit den Wallfahrern gemacht hast und das du nun verloren gehen siehst. Dieses Geschäft kannst du auch drunten im Tal machen, sogar besser und leichter!«

»Verzeih mir's Gott!«, schrie der Kapellenwirt auf, hob die Faust und schlug seinen Sohn mit solcher Wucht, dass er vor ihm am Boden lag und sich nur noch taumelnd erheben konnte. Da ging plötzlich die Tür auf, herein kam seine Frau mit bleichem Gesicht und wankendem Schritt. Sie war eine Kranke und hätte dringend der Ruhe bedurft. Aber sie hatte den Streit zwischen Vater und Sohn bis in ihre Kammer gehört. Sie ahnte, was geschah, und hatte sich aufgerafft, um das Schlimmste zu verhüten. Aber jetzt sah sie, dass sie zu spät gekommen war.

»Johann!«, rief sie erschrocken ihrem Mann zu, der mit schrecklichem Blick und rasselndem Atem in der Stube stand, die Fäuste immer noch zum Schlag geballt.

»In meinem Haus soll niemand lästern«, sagte er mit verhaltener, dumpfer Stimme. »Noch bin ich der Kapellenwirt und des Herrgotts Nachbar!«

Thomas stand wankend in der Ecke hinter der Tür, das Haar fiel ihm in die Stirn, aus der Nase rann ihm das Blut über den Mund.

»Was ist denn geschehen?«, jammerte die Mutter. Es kam keine Antwort. Thomas griff schweigend nach der Türklinke. Die Mutter wollte ihn zurückhalten. »Wo gehst du hin, Thomas?«

»Fort!«

Sie wollte ihm nach, aber Steppacher trat ihr in den Weg. Die Tür fiel ins Schloss.

»Johann, ich bitte dich bei allem, was dir heilig ist!«

»Lass ihn gehen, wenn es ihm daheim schon nicht mehr gefällt.«

»Barmherziger Gott! Muss es denn so weit kommen?«

Er nickte. »Ja, es muss wohl!«

Sie setzte sich auf einen Stuhl und brach in Tränen aus.

8

Etwa eine Stunde steiler Anstieg gegen die Hohe Grüft war nötig, um auf die schmale Felskanzel zu gelangen, von der sich ein herrlicher Ausblick in das grüne Tal bot, durch das ein kleiner Bach floss. Man sah hinter den Wäldern sogar einen Teil des Dorfes hervorschauen. Ein kleines Hochtal, das den Berg von der nächsten Anhöhe trennte, war von einem gewaltigen Bergrutsch aufgefüllt worden, der schon seit sehr langer Zeit dort lag und mit der Erde bereits wieder verwachsen war. Aber man konnte sich denken, welche Katastrophe es damals war, als die Steinmassen niedergingen und üppige, blühende Bergwiesen mit allen Tieren und vielleicht sogar Menschen unter sich begraben hatte. Ob noch jemand daran dachte? Die Menschen vergessen schnell, was sie erst kurz zuvor noch geängstigt und erschreckt hat. Sie denken kaum daran, dass sich so etwas wiederholen könnte. Sie waren längst an den Anblick der zerrissenen, verwitterten Hohen Grüft gewöhnt. Von Geburt an schon.

Unweit dieser Felskanzel, auf dem einzigen grünen Fleck, dem man auf diesem Höhenweg begegnete, stand ein einfaches Feldkreuz, umgeben von wild wachsenden Fichten, das irgendwann einmal ein

Bewohner der Gegend errichtet hatte. Nur selten kam hier ein Mensch vorbei, denn der Weg führte eigentlich nirgends hin und verlor sich immer mehr in der Wildheit der Stein- und Geröllregion, wo fast nichts mehr wuchs außer Flechten und Moos.

Hätte man aber darauf geachtet, dann wäre es gewiss aufgefallen, dass neuerdings zuweilen an den Sonntagnachmittagen, wenn das Wetter trocken und schön war, ein junges Mädchen diesen Weg zum Feldkreuz an der Hohen Grüft ging. Es war die Bärbel, die Tochter der Witwe Talmüller. Jedes Mal trug sie ein Sträußchen Blumen in der Hand, das sie auf dem Weg gepflückt hatte und nun an das Kreuz heftete. Freilich, die Bärbel blieb nicht lange allein, sehr bald kollerten ein paar Steine in die Tiefe und aus irgendeiner unwegsamen Richtung tauchte die Gestalt eines Burschen auf, in groblederner Hose, farbigem Hemd, mit derben Schuhen und einem zerbeulten Filzhut, tief ins Gesicht gezogen: Der Moritz von der Wildalm.

Die beiden jungen Menschen hatten sonst keine andere Möglichkeit, sich zu treffen und ihre Gedanken, ihre Hoffnungen und Sorgen auszutauschen, es musste heimlich geschehen. Vor allem durfte die Mutter Bärbels nicht erfahren, wohin sie an diesen freien Nachmittagen ging und mit wem sie sich traf. Die Talmüllerin wäre in Krämpfe gefallen, wenn sie erfahren hätte, wen ihre Tochter sich da zu ihrem Herzkönig erkoren hatte. Freilich, große Ansprüche konnte sie nicht stellen. Weil sie aus armen Verhältnissen kam konnte sie kaum erwarten, dass ihr ein Sohn der wohlhabenderen Hofbesitzer schöne Augen machte, obwohl sie ein recht hübsches junges Geschöpf war. Dem Moritz von der Wildalm allerdings, der sich um die übrige Menschheit gerade so viel kümmerte wie nötig, waren Geld und Gut egal. Sein Reich war die Bergeinsamkeit, seine Hütte und die Natur mit allen ihren Wundern und Schrecken.

Aber nicht deswegen allein liebte die Bärbel diesen unerschrockenen Burschen. Es zog sie einfach hin zu ihm wie mit magischen Kräften. Sie fühlte, dass er sie brauchte wie sie ihn. Die Leute mochten ihn beurteilen, wie sie wollten. Sie kannte ihn längst besser und von einer ganz anderen Seite. Er konnte keinem wehtun und keine Tränen sehen, und für die alte Monika, seine Großmutter, würde er sogar die Sterne vom Himmel holen. Davon wussten die Leute nichts, weil sie sich nicht darum kümmerten. Man sah in ihm nur den Streuner und Tagedieb, dem man jede Flegelei und Unlauterkeit in die Schuhe schob, für die man einen Sündenbock brauchte. Nichts war leichter als das, denn der Moritz wehrte sich nicht dagegen. Er lachte nur und klopfte sich an die Stirn, womit er andeuten wollte, für wie dumm er die Menschen hielt.

»Aber meine Mutter mag dich halt gar nicht leiden und das macht mir Sorgen«, klagte die Bärbel. »Sie glaubt alles, was die Leute von dir sagen.«

»Was wird denn gesagt? Gibt es schon wieder etwas Neues, das der Wildalm-Moritz angestellt haben soll?«

Sie schüttelte den Kopf. »Man meint halt, dass du manches Ding heimträgst, das du nicht gekauft hast.«

»Wenn ich wollte, stehle ich dem reichen Grundnerbauern die schönste Kuh aus dem Stall oder dem Pfarrer die goldene Uhr aus der Tasche, ohne dass einer etwas davon merkt!«, lachte er. »Aber das will ich nicht. Was ich will, bist du, und wenn deine Mutter dich mir nicht geben will, stehle ich dich!«

»Das ist ja mein Kummer, dass sie mich dir nicht geben wird.«

»Kommt schon noch, Bärbel! Lass dir Zeit. Hab ich erst gefunden, wonach ich schon zehn Jahre suche, dann werden die Leute schauen, welch ein fleißiger und rechtschaffener Mensch der Moritz von der Wildalm ist.«

»Was ist es, was du suchst?«

»Meinen Frieden.«

Das verstand sie nicht.

»Komm«, sagte er und führte sie an der Hand zu einem moosbedeckten Felsbrocken, hob sie hinauf und klomm nach. Dann saßen sie nebeneinander auf dem mächtigen Stein, weich wie auf einem Sofa.

»Ich will dir etwas erzählen, Bärbel, was außer mir und meiner Großmutter niemand weiß. Höchstens der Marterl-Muk könnte es noch wissen, aber da fällt eher die Sonne vom Himmel, als dass der etwas sagt. Es gibt nichts, was der Muk nicht weiß …«

Sie war aufs äußerste gespannt.

»Ich war noch keine zehn Jahre alt, als mich die Mutter mitten in der Nacht aus dem Bett riss und ganz aufgeregt rief: Steh auf und komm mit mir, wir müssen nach dem Vater suchen, er ist nicht heimgekommen, es muss ihm etwas zugestoßen sein! Ich rieb mir den Schlaf aus den Augen, schlüpfte in Hose, Strümpfe und Schuhe. Die Großmutter stand unter der Tür, als wir das Haus verließen. Kurz zuvor war ein Gewitter niedergegangen, die Wege waren nass und überschwemmt. Im Wald tropften noch die Tannen. Wir liefen die ganzen Wälder ab, jeden Weg, der kreuz und quer durch das schwarze Gehölz führte. Ab und zu rief die Mutter laut in den Wald, aber es kam keine Antwort, nur der Widerhall ihrer Stimme kam zurück, oft noch von weither. Ich weiß nicht mehr, wie lange wir gelaufen sind, aber wir waren beide zum Umfallen erschöpft. Doch die Mutter wollte nicht aufhören mit Suchen und Rufen.

Als das erste Morgengrauen durch das Geäst der Bäume schimmerte, fanden wir ihn ganz plötzlich. Er lag mit dem Gesicht nach unten auf der Erde, ganz in der Nähe des Weges zwischen zwei Wurzelstöcken. Die Mutter stieß einen Schrei aus und stürzte auf ihn nieder. Ich ließ scheu einen Lichtstrahl auf den Vater fallen, sah, wie die Mutter ihn auf den Rücken wälzte, und dann das bleiche Gesicht mit den starren, weit aufgerissenen Augen. Daneben lag eine weggeworfene Flinte. Die Mutter erhob sich und kam wankend auf mich zu. Der Vater ist tot, sagte sie. Man hat ihn erschossen! Es war furchtbar …«

Er brach ab und schaute eine Weile nachdenklich vor sich hin. Die Erinnerung an das Erlebte war mit allen Schrecken und Entsetzen in ihm wach geworden.

»Ich weiß nicht mehr genau, was dann alles noch geschah, ich kann mich nur noch erinnern, wie die Mutter mich bei der Hand nahm und wie wir durch den finsteren Wald heimwärts eilten. Immer wieder schrie die Mutter klagend auf, schluchzte und weinte. Ich weinte mit und fror auf einmal ganz gottserbärmlich. Immer wieder kam an diesem Tag die Polizei zu uns, auch der Jäger vom Mitterhof war dabei. Sie sprachen lange mit der Mutter, die ganz erschöpft war. Ich kroch ängstlich um die Großmutter herum, die immer wieder sagte:

›Nein, gewildert hat er nicht! So etwas tat mein Bub nicht!‹

Aber da war das Gewehr, das beim Vater gefunden wurde!

Wir waren nach der Beerdigung kaum heimgekommen, als die Mutter plötzlich zu fiebern begann. Es hatte während des Begräbnisses in Strömen geregnet und wir waren alle bis auf die Haut nass. Die

Mutter musste sich ins Bett legen. Von da an ging es jeden Tag schlechter mit ihr und eines Nachts holte die Großmutter mich aus dem Bett. ›Komm, die Mutter stirbt‹, sagte sie. Ich sah ihre starren Augen auf mich gerichtet, hörte den ziehenden Atem der Sterbenden. Mit letzter Kraft griff sie nach meiner Hand und rief wie von Sinnen:

›Du musst den Mörder des Vaters finden und seinen Tod rächen! Man hat ihn umgebracht!‹

Ich hab damals noch nicht gewusst, welches schreckliche Erbe die Mutter mir da hinterließ, und schaute sie nur verständnislos an. Sie rang wieder nach Atem. Heiß und kraftlos hielt sie meine Hand umklammert. Große Schweißtropfen standen auf ihrer Stirn. ›Schwör es mir bei allen Heiligen, Bub, dass du den unschuldigen Vater rächst!‹, keuchte sie und richtete sich auf. Ich blickte erschauernd in ihre starren Augen – und ich schwor. Daraufhin sank sie ermattet zurück. Die Großmutter zündete die Sterbekerze an und betete. Noch bevor der Morgen kam, war die Mutter tot.

Siehst du, Bärbel, so hat mein Leben begonnen. Die Großmutter beschwört heute noch, dass mein Vater nie gewildert hat, und doch haben wir ihn tot im Wald gefunden und neben ihm die Flinte. Man hat ihn als Wilderer begraben, obwohl er keiner war. Seitdem suche ich den Lumpen, der meinen Vater getötet hat. Ich muss meinen Schwur einlösen.«

Er schwieg, schaute eine Weile vor sich hin. Sein Gesicht veränderte sich und blieb eine Weile steinhart, dann schüttelte er die Gedanken ab und griff nach ihrer Hand. »Mein Vater war unschuldig, Bärbel, aber man hat ihn wie einen Verbrecher beerdigt. Sein Mörder läuft ungeschoren herum und ich habe ihn bis heute vergeblich gesucht.«

Sie war von seiner Erzählung erschüttert, obwohl sie ein ähnliches Schicksal erfahren hatte: Auch ihren Vater hatte man tot ins Haus gebracht, aber er wurde wenigstens in Ehren beerdigt. Ein tödlicher Unfall, der allgemeines Bedauern auslöste, hatte seinem Leben ein Ende gesetzt.

»Armer Moritz!«, sagte sie in die Stille.

»Man sagt, dass es den Mörder wieder an den Ort der Tat zurücktreibt, darum habe ich ihm dort jahrelang zu jeder Tag- und Nachtzeit aufgelauert«, fuhr er fort. »Die Leute sagen, der Wildalm-Moritz streunt, einige wollen sogar wissen, dass er wildert wie sein Vater. Sie sollen doch reden, wenn sie ihre Freude daran haben. Du weißt es besser, Bärbel, was mit mir ist, und darum allein geht es mir – und jetzt reden wir von etwas anderem!«

Er war gleich wieder wie umgewandelt, sprach jetzt von seinem Tagwerk droben auf der einsamen Wildalm, rühmte seine kleine Welt und den Zauber, von dem sie umgeben sei, ob die Sonne auf- oder untergehe. Seine einzige Nachbarschaft sei der Herrgott selbst, der weit großzügiger und verträglicher sei als die Menschen und den er nur noch um ein einziges Geschenk bitte, nämlich, dass er die Bärbel, die er aus seinem ganzen Herzen lieb habe, als seine Ehefrau heimführen dürfte. Dann sei sein Glück erst voll …

Nach einem solchen heimlichen und glücklichen Stelldichein kehrte die Bärbel allein ins Tal zurück und niemand ahnte, wo sie gewesen war und mit wem sie sich getroffen hatte. Auch die Mutter war ahnungslos, denn wenn auch die Bärbel ein gottesfürchtiges, aufrichtiges Mädchen war, in diesem Fall vermochte sie sich meisterhaft zu verstellen und sah darin nicht einmal eine Sünde. Warum sollte sie den Moritz von der Wildalm nicht lieben dürfen?

Moritz streifte unterdessen noch durch die Wälder, beobachtete das Wild, vor allem die Gämsen, die an der unzugänglichen Hohen Grüft ihren geschützten Standort hatten, und beschloss schließlich, beim Kapellenwirt einzukehren, was er noch nie getan hatte. Steppacher war ganz allein und er machte nicht gerade ein freundliches Gesicht, als er diesen neuen, zweifelhaften Gast vor sich sah. Der hatte ihm gerade noch gefehlt!

Aber der Moritz kümmerte sich wenig um diesen mürrischen Empfang. Er ließ sich ein Krüglein Wein geben und legte dafür das Geld auf den Tisch.

»Bei dir ist es so still geworden wie in einem Trauerhaus, Steppacher«, sagte er.

Es kam keine Antwort. Steppacher kehrte zum Schanktisch zurück und hantierte dort herum. Moritz folgte ihm mit seinem Blick und zählte dann die Tische, die für eine Menge Gäste bereitstanden, aber nun wohl für lange Zeit leer bleiben würden. Er betrachtete das schwarze, schwere Gebälk, das die Decke trug, die Gegenstände, die zur Zierde auf dem Rahmen des Wandgetäfels aufgestellt waren. Über der Tür hing ein Gemälde, das die Kapelle vom Frauenberg darstellte. Es war zwar kein Meisterwerk, aber immerhin geschickt gemacht und konnte vom Marterl-Muk gemalt worden sein.

»Hat man denn das Läuten der Kapellenglocke am Abend abgeschafft, weil man nichts mehr hört?«, fragte Moritz in die Stille.

»Ja«, kam es vom Schanktisch her.

»Der Thomas ist wohl nicht daheim, weil man ihn nicht sieht?«

»Nein.«

»Wo ist er denn?«

»Suchst du ihn?«

»Es war bloß eine Frage. Der Mitterhofer sucht Leute für das Waldgut. Ich habe gehört, dass er alle Mitarbeiter auswechselt.«

Steppacher gab keine Antwort.

Moritz schlürfte langsam den Wein und trank dann den Rest auf einmal aus. Als er sich erhob und nach seinem Hut griff, wandte der Wirt sich nach ihm um.

»Vielleicht stellt er Leute von deiner Art recht gern ein, und dir könnt's nicht schaden, wenn du einmal eine richtige Arbeit tust!«

»Ich hab schon meine Arbeit und mein Auskommen, Steppacher.«

»Das kann ich mir denken!«

»Der Domin war schon bei mir und wollte mich als Waldhüter haben.«

Steppacher horchte auf. »Aha! Und?«

»Es wäre mir schade um die Zeit, die ich dabei versäume, Steppacher.«

»Du meinst wohl fürs Streunen?«, fragte der Wirt verächtlich.

»Jeder tut eben, was er muss und wozu er verpflichtet ist. Dir geht es beispielsweise darum, die Kapelle und damit deine Existenz zu retten, mir geht es um das Andenken meines Vaters. Aber man muss dafür viel in Kauf nehmen, oft sieht es so aus, als ginge alles verloren. Bei mir ist es das Ansehen, denn man hält mich für einen Lumpen, bei dir ist es die Familie, die auseinander zu fallen droht. Als Erster ist dir schon dein Sohn entlaufen. Aber wir schaffen es beide noch, Steppacher. Wir erreichen schon noch, was wir wollen, wenn es im Augenblick auch so aussieht, als rennen wir gegen eine Mauer. Behüt dich Gott!«

Noch ehe der Wirt den Sinn dieser Worte erfassen und darauf reagieren konnte, war der Moritz schon fort und lief draußen am Fenster vorbei.

Die Sonne war jetzt hinter den Bergen verschwunden. Es fing an zu dämmern. Wenn Moritz um diese Zeit hier auf dem Weg gegangen war, hatte er immer den matten roten Schein des Ewigen Lichts von der Kapelle gesehen. Diesmal waren die Fenster dunkel und schwarz. Es gab keine Anbetung mehr, denn der Pfarrer hatte das Allerheiligste in die Dorfkirche zurückgeholt und die Flamme gelöscht. Die Kapelle war zugesperrt. Moritz hörte plötzlich laute Geräusche, als würden zwei streiten, als er an ihr vorbeikam. Er versuchte, die Menschen an den Stimmen zu erkennen, die vor dem Eingang zur Kapelle aufeinander gestoßen waren, erkannte jedoch nur diejenige Domins mit Sicherheit, denn sie war auch die lautere und schärfere.

Sicher hatte er jemanden ertappt, der sich der Kapelle genähert hatte, und versuchte nun, ihn fortzujagen, schien aber auf heftigen Widerstand zu stoßen, denn es wurde heftig gestritten. Moritz pirschte sich leise an die Kapelle heran und schlich zwischen den Bäumen dem Weg zu, der zum Eingang führte. Aus dem Versteck hervor erblickte er zwei Männer. Der eine war der Marterl-Muk, aber so, wie ihn Moritz noch nie gesehen hatte. Den schmalen Kopf etwas schief haltend, das bleiche Gesicht vom Abendrot beleuchtet, schien er aus seiner kümmerlichen Gestalt förmlich herauszuwachsen. Auch seine Stimme war kräftiger als sonst. Dietrich Domin hatte seine Jagdflinte über der Schulter hängen und sein Gesicht war entstellt, so, als wäre ihm gerade das spöttische Lachen vergangen und nur noch als Maske darauf hängen geblieben.

»Es ist bald der große Frauentag, an dem eine Prozession zur Kapelle geht! Du wirst eine schreckliche Sünde begehen, wenn du den Weg nicht freigibst!«

»Das ist meine Sache! Schau, dass du aus meinem Revier verschwindest, verrückter Kerl! Aber so-fort!«

Der Muk ließ sich nicht einschüchtern, er hob die Hand und deutete auf die Kapelle. »Der, der hier gewohnt hat und verjagt wurde, ist mächtiger als du! Er ist bloß langmütig mit seinen Gegnern! Aber dafür ist seine Strafe furchtbar!«, rief der Alte prophetisch. »Es ist ein geweihtes Haus, Mitterhofer! Kein Mensch hat ein Recht, es auf eine solche Weise zu schänden. Auch du nicht! Fürchte dich vor dem Zorn des Himmels!«

»Du sollst dich endlich fortmachen! Ich dulde es nicht, dass jeder Verrückte auf meinem Grund und Boden herumstreunt!«

Der Muk deutete hinüber zur schwarzen, zerrissenen Hohen Grüft. »Der Mensch soll zittern vor der Gewalt und Kraft Gottes! Man weiß nicht, wann sein Strafgericht über diesen oder jenen hereinbricht und ihn niederstreckt!«

»Dich wird bald meine Hand niederstrecken, wenn du noch länger meine Geduld auf die Probe stellst«, drohte Domin.

»Schlage mich nieder, ich werde trotzdem nicht schweigen. Ich werde dich immer wieder warnen – und ich gehe erst von hier, wenn ich mein Gebet verrichtet habe. Lass mich also in Frieden!«

»Du sollst gehen!«, schrie Domin.

»Nein!«

»Da!« Mit einem einzigen Faustschlag streckte Domin den Alten nieder, der sich stöhnend wieder aufzurichten versuchte, aber sogleich durch einen Tritt von dem rasenden Mitterhofer ein zweites Mal zu Boden ging. Dietrich Domin hatte offensichtlich die Nerven verloren, er wusste nicht mehr, was er tat. Moritz sprang aus seinem Versteck hervor und kam dem Alten zu Hilfe. »Verdammter Mistkerl!«, fauchte er den Mitterhofer an, während er den Marterl-Muk auf die Füße stellte. »Was hat Ihnen dieser alte Mann getan, dass Sie ihn treten wie einen Wurm? Vertragen Sie es nicht, dass er Ihnen ins Gewissen redet?«

»Ach, du bist's?«, höhnte Domin. »Der Streuner, der Lump, der Wilddieb! Mit dir verfahre ich auch nicht besser, wenn du nicht augenblicklich mein Grundstück verlässt!«

»Nur mit dem Unterschied, dass Sie auch nicht ohne blaues Auge davonkommen!«, warnte Moritz und blitzte den Mitterhofer aus schmalen Augenschlitzen gefährlich an. Er ließ den Muk stehen und näherte sich sprungbereit und federnd wie eine

Katze dem Mitterhofer. Der erkannte die gefährliche Situation und riss die Flinte von der Schulter. »Keinen Schritt mehr, Bursche, sonst knallt's!«, rief er, zum Äußersten entschlossen.

Aber Moritz ließ sich nicht abschrecken. Schritt für Schritt ging er auf den tobenden Mann zu. »Schießen Sie doch! Warum schießen Sie nicht?«

»Moritz!«, schrie jetzt der Marterl-Muk entsetzt und trat wankend dazwischen. »Ist noch nicht genug gesündigt worden auf dem Frauenberg? Soll gar noch Blut fließen?« Er hängte sich an den Burschen und versuchte ihn zurückzuhalten und abzudecken gegen den drohenden Flintenlauf. Das schien die beiden Zankenden zu beeindrucken. Moritz blieb stehen, Domin senkte die Waffe.

»Verschwindet von hier!«, rief der Mitterhofer, kreidebleich vor Zorn.

»Komm, Muk, wir gehen«, sagte Moritz, stützte den Alten und führte ihn weg. Aber er wandte sich noch einmal nach Domin um, der ihnen mit gefurchter Stirn nachschaute. »Auf Wiedersehen, Herr Domin!«, höhnte er. »Denn den Streuner, Lump und Wilddieb vergesse ich Ihnen nicht!«

»Schau, dass du fortkommst!«

Dann standen die beiden draußen auf der Straße.

»Geh zum Kapellenwirt hinüber, Muk«, sagte Moritz. »Bleib die Nacht dort, du kannst jetzt nicht bis ins Tal gehen.«

Der Alte nickte. »Ich werd's tun. Und dir soll's der Himmel vergelten, dass du mir geholfen hast! – Keine Glocke läutet mehr – keine Messe wird mehr gelesen, kein Licht brennt mehr! Die Prozession ist verboten. Aber die Kapelle ist nicht tot! Gott lässt seiner nicht spotten!«

Ein Stück weit begleitete Moritz den Alten.

»Muk, ich suche den Mörder meines Vaters!«, stieß er schließlich hervor.

»Ich weiß.«

»Ich hab es der Mutter beim Sterben geschworen!«

»Es war ein unseliger Schwur. Gott wird den Mörder richten!«

»Mein Vater war kein Wilddieb, wie die Leute sagen.«

»Nein, das war er nicht.«

»Danke, Muk!«

Sie trennten sich. Während der Alte langsam dem Haus des Kapellenwirts zuging und dabei wunderliche Selbstgespräche führte, lief Moritz über die Höhen und Mulden hinüber zum Grandlhaus.

9

Die Leute im Dorf machten sich Gedanken über den Kapellenwirt vom Frauenberg, sobald er irgendwo auf der Straße gesehen wurde. Wenn er es auch zu verbergen suchte, irgendetwas in seinem Blick, in seinem Schritt und in der Haltung seines robusten Körpers verriet, wie schwer er unter den unglücklichen Ereignissen der letzten Zeit litt. Anfänglich verurteilte man seinen sturen Eigensinn, der ihn in eine Todfeindschaft mit dem Mitterhofer geführt hatte. Man glaubte, dass man mit dem neuen Herrn des Waldguts zu einem besseren Einvernehmen gekommen wäre, wenn Steppacher etwas mehr Geduld gezeigt hätte, so wie es der Pfarrer meinte. Dietrich Domin war immerhin der Besitzer des umstrittenen Kapellengrundes und somit auch im Recht, wenn er aus persönlichen Gründen oder vielleicht nur aus einer bösen, menschenfeindlichen Laune heraus gegen die öffentliche Benützung seines Privatgrundes Einspruch erhob. Es war schon richtig, man hätte ihn wenigstens fragen müssen.

Das hatte man nicht getan, am wenigsten der Kapellenwirt. Er berief sich auf die Unantastbarkeit der wundertätigen Kapelle und auf die Tradition seines Hauses. Er hatte sich auf das Dorf verlassen, von dem er glaubte, dass es mit ihm gleichen Sinnes war. Und nun stand er allein. Sogar sein eigener Sohn hatte ihn allein gelassen. Es war einsam geworden um das Haus des Kapellenwirts. Selten nur fanden sich noch ein paar wenige Gäste ein, in der Hauptsache einzelne Bauern von den Einöden, die dem Kapellenwirt die Treue hielten, und hin und wieder auch der Marterl-Muk, wenn er gerade des Weges kam. Sonst ließ sich niemand mehr blicken. Die Tür der Kapelle blieb verschlossen, denn nach mehrmaliger Aufforderung hatte Steppacher den Schlüssel einem von Domin beauftragten Dorfpolizisten schließlich widerwillig ausgehändigt.

Sommerliche Gewitter gingen nieder. Von den Wiesen wurde das letzte Heu heimgeholt und im Heuschober eingelagert. Zusammen mit seiner Tochter besorgte der Kapellenwirt die Arbeiten in der kleinen Landwirtschaft. Thomas, der Sohn, der sich bisher darum gekümmert hatte, war fort, und niemand wusste, wo er sich aufhielt. Die Mutter hatte mehrere Tage das Bett hüten müssen und man war froh, dass sie nun den Haushalt wieder führen konnte. Schweigend lebten die Bewohner des vereinsamten Wirtshauses nebeneinander her. Keiner von ihnen wagte die eigenen schweren Gedanken verlauten zu lassen, denn es wären nur Vorwürfe gewesen, die man sich gegenseitig gemacht hätte.

Eines Abends waren Mutter und Tochter allein. Der Kapellenwirt war zu seinem Nachbarn gegangen, zu dem Bergbauern Hocheder, wie immer, wenn er sich aussprechen musste, was er daheim nicht mehr tun konnte und wollte. Die Mutter beobachtete eine Weile das verschlossene Gesicht der Tochter. Sie glaubte zu erkennen, dass es eigentlich kein Trotz war, den das Mädchen dem Vater entgegensetzte. Es wusste ganz einfach nicht fertig zu werden mit dem Zwiespalt, in den es geraten war.

Deshalb beschloss die Mutter an diesem Abend, mit Johanna zu sprechen: »Ich will dir keinen Vorwurf machen, denn ich kann mir ja vorstellen, dass dir dieser Mitterhofer den Kopf verdreht hat. Er sieht gut aus, hat ein sicheres, imponierendes Auftreten, es mag sogar sein, dass er sich in seiner Zuneigung zu einem jungen Mädchen als ein ganz anderer Mensch zeigt, als wir ihn kennen. Aber wenn du schon glaubst, dass der Vater allein aus lauter Hass gegen diesen Mann deinen heimlichen Umgang mit ihm verdammen muss, dann lass dir wenigstens von deiner Mutter sagen, dass du noch anderes bedenken musst, ehe du dein Herz an einen Mann verschenkst!«

Johanna schwieg mit immer noch verschlossenem Gesicht.

»Hörst du mir überhaupt zu?«, fragte die Mutter ein wenig unwillig.

Das Mädchen nickte.

»Man muss in erster Linie wissen, woher der Mann kommt«, fuhr die Mutter fort, »welchen Charakter er hat, was er von Familie hält und ob er überhaupt einen Glauben hat. Es reicht nicht, dass er gut aussieht, sich nett benimmt und vermögend ist! Wenn du nicht selbst siehst, was ihm an Gott und den heiligen Dingen liegt, müsstest du ja blind sein! Wie könnte er sonst die Leute von der Kapelle wegjagen!«

Johanna blieb stumm.

Die Mutter warf ihr einen Blick zu. Vielleicht hoffte sie, dass ihre Worte bereits fruchteten, deshalb sprach sie eindringlich weiter: »Du darfst dich also nicht einfach von deinem Vater lossagen, niemand meint es besser mit dir als deine Eltern. Ich weiß, der Vater ist zu streng, zu hart. Ich hatte selbst oft viel darunter zu leiden. Aber können wir ihn einfach allein lassen, wie der Thomas es getan hat? Vielleicht sehen wir später ein, dass es kein Segen für uns alle gewesen wäre, wenn wir das Haus verlassen hätten, um ins Tal umzusiedeln. Es kann sein, dass der Vater für seine Hartnäckigkeit gegen diesen gottlosen Mitterhofer eines Tages vom Himmel belohnt wird.«

»Er ist nicht gottlos, Mutter!«, wandte Johanna jetzt erregt ein.

»So? Er ist nicht gottlos? Wie kann er dann einfach den Zugang zur Kapelle sperren? Das Allerheiligste wegschaffen lassen? Das Läuten verbieten? Man sagt sogar, dass er sich mit dem Gedanken trage …« Sie stockte.

»Mit welchem Gedanken?«

»… den Platz, auf dem heut die Kapelle steht, für andere Zwecke zu verwenden.«

»Das ist nicht wahr!«

»Warum untersagt er dann wohl das Wallfahren?«

»Aus Protest, Mutter! Die Kapelle steht auf seinem Grund und Boden! Man tut aber so, als hätte man von allein das Recht, davon Besitz zu ergreifen. Man hat ihn nicht einmal gefragt, ob er damit einverstanden ist, und nimmt sich, was sein Eigentum ist, als sei das selbstverständlich. Unser Vater wollte sein Nachgeben sogar mit Gewalt erzwingen. Darum ist alles so gekommen«, versuchte Johanna zu erklären.

Die Mutter wog zweifelnd den Kopf. »Wie dem auch sein mag, ein christlich denkender Mensch würde nicht so rücksichtslos gegen ein altes, frommes Brauchtum vorgehen. Darüber solltest du nachdenken und nicht alles glauben, was dieser Mann dir gesagt hat. Schau, er versuchte den Vater zur Umsiedlung zu überreden. Warum wohl? Weil er dann niemanden mehr zu fürchten hätte, wenn er seine Pläne mit der geweihten Kapelle ausführt. Er weiß so gut wie jeder im Dorf, dass die Kapelle im Kapellenwirt ihren besten Hüter hat. Das ist der Grund des Tauschangebots gewesen. Der Thomas hat sich von ihm überzeugen lassen. Und du bist nahe daran, es ihm nachzumachen. Das muss ich als deine Mutter verhindern! Schau, wenn dich dieser Mitterhofer wirklich liebte, dann würde er deinen Vater nicht so bekämpfen und bedrängen. Womöglich möchte er dich einfach nur verführen, um dich dann wieder wegzuwerfen!«

»Nein!«

»Was macht dich da so sicher?«, fragte die Mutter. »Du bist ein einfaches Mädchen, ich kann mir nicht vorstellen, dass du einmal als Besitzerin in den reichen Mitterhof einziehen könntest.«

»Er liebt mich, Mutter!«

»Das sagt er – aber ob es wahr ist?«

Damit war die Unterredung beendet. Die Mutter wusste, der erste Anstoß war gegeben, und sie konnte damit rechnen, dass die Tochter darüber nachdenken würde. Das allein war schon etwas.

Später brachte sie ihre Rede auf den Thomas:

»Wenn man bloß wüsste, wo der Bub sich aufhält! Ich weiß, dass auch der Vater nach ihm sucht, das sieht man an seiner Unruhe. Keinen Abend ist er daheim. Seine Heftigkeit bereut er längst, wenn er es auch nicht zeigen und zugeben will. Wir müssen ihm helfen, Johanna!«

Das Mädchen schwieg. Was könnte man auch tun? »Ob sie wohl drüben im Grandlhaus etwas über seinen Aufenthalt wissen?«, überlegte die Kapellenwirtin.

»Das kann schon sein. Der Max ist sein Freund – und die Christl ...«

Sie wollte nicht weitersprechen.

»Was ist mit der Christl?«, forschte die Mutter.

»Vielleicht ist es nicht recht, wenn ich etwas darüber verrate, aber in diesem Fall muss ich es tun. Die beiden, die Christl und der Thomas, haben sich schon lange gern, bloß verheimlichen sie es wegen dem Vater.«

Die Steppacherin schaute überrascht auf, ihr Gesicht entspannte sich. »Das wäre ein Glück!«, sagte sie.

»So sagst du, Mutter, ob aber der Vater auch so sprechen würde?«

»Die Christl ist ein ordentliches Mädchen. Man muss sich wundern, wie gut die beiden Geschwister nach dem frühen Tod der Eltern gewirtschaftet haben. Sie sind damals noch halbe Kinder gewesen.«

»Aber sie sind halt arm.«

»Armut ist nichts Unrechtes! Ich würde Gott auf den Knien danken, wenn der Thomas sich bei ihnen verborgen hielte. Sie könnten einen guten Einfluss auf ihn nehmen.«

»Man müsste einmal nachfragen«, meinte Johanna. »Soll ich?«

»Der Vater darf es nicht wissen. Er duldet es nicht einmal, wenn man den Thomas nur erwähnt. Aber so kann man es doch auch nicht lassen!«

»Gut, Mutter, ich laufe schnell zum Grandlhaus hinüber.«

»Doch nicht heute noch? Es wird bald Nacht!«

»Bis der Vater heimkommt, bin ich längst zurück. Und sollte der Thomas nicht dort sein, weiß die Christl vielleicht, wo er ist.«

»Ich sorge mich halt, wenn du bei der Dunkelheit auf dem Weg bist.«

»Ich versuche so schnell wie möglich wieder daheim zu sein. Und auch wenn mir Dietrich Domin begegnen sollte, ich bitte dich, Mutter, schenk du mir wenigstens so viel Vertrauen, dass ich weiß, was ich meiner Ehre schuldig bin!«

»Dann in Gottes Namen – geh! Diese Ungewissheit ist ja nicht mehr zu ertragen.«

Aber kaum hatte Johanna das Haus verlassen, bedauerte die Steppacherin, dass sie das Mädchen hatte gehen lassen, und fing an, sich Sorgen zu machen. Es wurde dämmerig in der Stube, so dass sie Licht machen musste. Das trug nicht zu ihrer Beruhigung bei. Draußen war ein leichter Wind aufgekommen und es hatte den Anschein, als wäre ein Gewitter im Anzug. Schwül drang die Luft durch das geöffnete Fenster herein. Es war jedoch nichts von einem Wetterleuchten zu sehen. Sie holte eine Flickarbeit an den Tisch, hatte aber kaum die Nadel eingefädelt, da ging die Tür auf und der alte Marterl-Muk betrat die Stube. In der rechten Hand einen knorrigen Stock, in der linken einen bekleckşten Farbtopf tragend, schaute er ein wenig geblendet in das Licht der Lampe und nickte einen Gruß. Dann klemmte er den Stock unter die Achsel und griff in den Weihwasserkessel, der am Türrahmen hing.

Die Steppacherin war keine furchtsame Person, aber vor diesem komischen Alten hatte sie immer ein wenig Angst, wenn sie ganz allein war mit ihm. Nicht, dass sie sich gefürchtet hätte, er könnte ihr etwas antun, denn dazu war er zu hinfällig, und überhaupt hatte der Muk noch nach keiner Fliege geschlagen. Aber die Reden, die er manchmal führte, während er seine langen, dürren Arme ausstreckte, als wollte er irgendetwas Unsichtbares aus der Luft greifen, jagten ihr oft keinen geringen Schrecken ein. Es sah jedes Mal aus, als bräche der Wahnsinn aus ihm hervor.

Nun ließ er seinen flackernden Blick durch die Stube wandern. »Dein Mann ist wohl nicht daheim?«, fragte er dann.

»Nein, Muk, er ist nicht da.«

Der Alte holte sich einen Stuhl unter dem Tisch hervor. »Erlaubst schon, dass ich mich ein wenig setze? Ich bin jetzt oft so müde.«

»Willst du etwas essen?«

»Nein.«

»Trinken?«

»Auch nicht.«

»Ich weiß nicht, ob du warten willst, denn er bleibt meistens lang aus, wenn er am Abend noch fortgeht«, sagte sie und wandte sich wieder ihrer Arbeit zu.

»Das macht nichts, ich hab ja Zeit. Ihr sorgt euch, weil euch der Bub davongelaufen ist – aber Steppacherin, er wird erkennen, er wird einsehen, dass sein Vater im Recht war.«

»Gott gebe es, Muk!«

»Es ist so, wie ich dir sage. Noch haben wir unsere Kapelle, wenn sie heut auch dunkel und still ist. Sie wirkt schon wieder ihre Wunder. Sie lässt sich nur Zeit damit und wartet. Der Teufel geht immer wieder durch die Welt und versucht, die Menschen zu regieren. Aber wenn seine Zeit um ist, wird er gestürzt.«

Die Steppacherin nickte dazu, ohne von ihrer Arbeit aufzuschauen. Sie kannte die Reden, die der wunderliche Alte führte, und sie wollte die irren, flackernden Augen nicht sehen, die er dazu machte.

»Das hätte er nicht tun dürfen, die Prozession am Frauentag verbieten! Denke an mich, Steppacherin, es werden wieder Prozessionen sein, auch wenn ich's nicht mehr erlebe!«

Er stand auf und streckte seine langen und dürren Arme aus.

»Ich sehe es, wie die Wallfahrer sich vor der Kirche im Dorf versammeln und der Pfarrer mit der Monstranz hervorkommt. Ein langer Zug zieht zum Frauenberg, viel junge Leute sind dabei.«

Die Steppacherin wagte es nicht, ihm zu widersprechen, aber auch nicht, ihn nicht anzusehen. Sie war froh, als er sich wieder setzte und Atem schöpfte, als müsse er sich von einer gewaltigen Anstrengung erholen.

»An der Hohen Grüft wandert seit mehreren Tagen das Wild ab«, fuhr er dann fort. »Weißt du, was das heißt? Es bereitet sich etwas vor. Schon einmal ist dort ein schrecklicher Steinschlag niedergegangen. Wer weiß, ob er sich nicht eines Tages wiederholt? Nur die Tiere wissen es, sie bekommen einen Wink. Die Menschen nicht, denn sie sind mit Schuld beladen – die Tiere sind gut und leben streng nach dem Gesetz des Schöpfers, auch wenn einmal ein Raubwild ein anderes Tier reißt. Es muss, weil es ihm befohlen ist. Aber der Mensch darf nicht morden, und dennoch tut er's.«

Die Wirtin nickte abermals.

»Weißt du, wo euer Bub sich aufhält?«, fragte der Alte, plötzlich die Gedanken wechselnd.

»Nein, Muk«, antwortete sie bedrückt.

»Ich weiß es, Steppacherin.«

Jetzt schaute sie erschrocken auf. »Muk! Ist das wahr?«

»Er ist in guten Händen. Lass ihn dort, bis bei euch daheim alles wieder in Ordnung ist.«

»Ist er drüben im Grandlhaus?«

Der Alte schüttelte verneinend den Kopf.

»Wo ist er?«

»Wenn ich dir's heut noch nicht sage, dann kann und darf ich es eben nicht. Ich müsste es auch dem Steppacher verschweigen, und wenn er mich zusammenschlagen würde. Aber ich sage dir, mache dir keinen Kummer um den Buben! Er wird besser heimkommen, als er fortgegangen ist.«

Sie konnte jetzt nicht mehr nähen, die Arbeit verschwamm vor ihren Augen. Ach, hätte er doch Recht, der Muk, mit seinen Weissagungen, wenigstens dieses eine Mal! Er war jetzt aufgestanden und sein hageres, graues Gesicht leuchtete gespenstisch unter dem großen schwarzen Hut hervor und er atmete schwer. Sie ging hinaus und brachte ihm ein Krüglein Wein.

»Du bist eine gute Seele, Steppacherin«, dankte er mit gurgelnder Stimme. »Du brauchst nichts zu befürchten. Die Gottesmutter ist noch da und wartet auf uns, auch wenn man uns von ihrer Kapelle ausgesperrt hat. Gott lässt seiner nicht spotten!« Er trank in unausgesetzt kleinen Schlucken. Allmählich wurde er ruhiger und nickte zeitweilig auf seinem Stuhl ein.

Die Frau ging zum Fenster und horchte hinaus. Es war jetzt finster geworden. Der Wind rauschte durch die Bäume, über dem Horizont zuckte ein Wetterleuchten. Aber weder Johanna noch der Kapellenwirt kamen heim. Das beunruhigte die Steppacherin. Sie schaute sich fast scheu nach dem Marterl-Muk um und sah, dass er eingeschlafen war.

10

Als Johanna sich dem Grandlhaus näherte, begegnete sie zuerst dem Max, der eben hinter dem Haus hervorkam, wo er sich mit jemandem getroffen haben musste, wenigstens erschien es ihr, als wäre eine zweite Gestalt kurz aufgetaucht und dann gleich wieder verschwunden. Aber sie konnte sich getäuscht haben, denn es war schon dunkel und aus dem Stubenfenster fiel der Lichtschein heraus. Vielleicht war es nur der Schatten gewesen, der Max einen Augenblick lang gefolgt war. Er zeigte auch keinerlei Verlegenheit, als er sich ihr näherte. »Hast dich lange nicht mehr bei uns sehen lassen, Johanna!«, rief er erfreut. »Geh nur hinein, die Christl ist drin.« Während er dem kleinen offenen Scheunentor zuging, betrat Johanna das Haus. Die Christl räumte eben das Essgeschirr vom Tisch. Offenbar hatten sie eben erst zu Abend gegessen.

»Was gibt's denn, Johanna, dass du so spät noch zu uns kommst?«

»Du weißt doch wohl, was geschehen ist? – Bitte, Christl, sag es: Ist der Thomas bei euch?«

Die Christl bewegte verneinend den Kopf, ließ aber erkennen, dass sie über den Aufenthalt des

Wirtssohnes einiges wissen könnte. Sie setzten sich nebeneinander auf das alte, kleine Kanapee, das in der Ofenecke stand.

»Es geht mir in der Hauptsache um die Mutter«, fuhr Johanna fort. »Sie macht sich solche Sorgen, und sie war in der letzten Zeit sehr krank. Ich muss herausfinden, wo mein Bruder sich aufhält!« Sie wandte ihr Gesicht der Christl zu und schaute sie forschend an. »Dir kann es doch nicht gleichgültig sein, was mit ihm ist! Ich weiß doch, dass du den Thomas gern hast, und er hat es mir auch einmal gestanden, dass er für dich alles tun würde.«

Die Christl lächelte.

»Ich sehe, dass du mehr weißt als wir«, fuhr Johanna fort. »Um der Gesundheit unserer armen Mutter willen, sag es mir, Christl, wo er ist! Auch wenn ich dir schwören muss, dass ich es dem Vater verschweige.«

Die Christl zögerte. Dann nickte sie und blickte Johanna ins Gesicht. »Er ist beim Moritz auf der Wildalm.«

Johanna erschrak. »Um Himmels willen! Dann gerät er auf schiefe Wege! Beim Moritz auf der Wildalm! Bei diesem Lumpen!«

»Meinst du? Ich habe auch einmal geglaubt, was die Leute über den Moritz sagen. Aber es ist kein wahres Wort daran. Heut weiß ich, dass er einer unserer besten Freunde ist. Glaubst du, ich hätte es sonst zugelassen, dass der Thomas zu ihm gegangen ist? Er wollte es zuerst auch nicht, aber ich habe ihm zugeredet. Ob du mir nun glaubst oder nicht, im Augenblick ist der Moritz von der Wildalm der einzige Mensch, der den Thomas von seinem Trotz gegen den Vater kurieren kann!«

»Vielleicht durch Faulenzen, Streunen oder gar Wildern?«, warf Johanna verächtlich ein.

»Das ist gerade die große Lüge, durch die der Moritz in Verruf gekommen ist. Es ist unverantwortlich, was man ihm damit angedichtet hat!«

»Aber du wirst doch zugeben, dass er ein recht zweifelhafter Bursche ist! Vielleicht erinnerst du dich noch, wie wir uns immer vor ihm gefürchtet haben, wenn er plötzlich irgendwo auftauchte?«

»Weil man doch so schlecht von ihm geredet hat! Du musst einmal mit dem Max darüber reden. Er hat auch einmal gemeint, dem Einödler nachstellen zu müssen, als er noch Jäger vom Mitterhof war. Er hat seine Ansicht längst geändert. Und du kennst mich doch und sagst doch selbst, dass zwischen deinem Bruder und mir so etwas wie ein Verlöbnis besteht. Glaubst du, ich hätte ihn zur Wildalm hinaufgeschickt, wenn ich nicht davon überzeugt wäre, dass er dort gut aufgehoben ist, bis die Versöhnung mit eurem Vater zustande kommen kann, die wir alle wollen? Das kannst du deiner Mutter sagen, vor deinem Vater solltest du es besser verschweigen, wenigstens vorläufig. Er hat vom Moritz keine bessere Meinung als alle anderen.«

»Warum schleicht der Moritz dann herum wie eine Katze oder, wie man sagt, wie das böse Gewissen?«

»Das hat andere Gründe! Vielleicht erfahren wir sie noch, wenn er mehr Vertrauen zu uns gefasst hat. Jetzt haben wir andere Sorgen, Johanna! Der Thomas war nahe daran, sich von der Idee des Mitterhofers, das Anwesen zu tauschen, einwickeln zu lassen. Es ist wahr, dein Vater war zu heftig, aber wir müssen ihn verstehen, denn er war ganz allein im Kampf gegen seinen Widersacher. Er sah sich von seinen eigenen Kindern verlassen und verraten, auch von dir. Darum ist es so gekommen!«

Johanna wollte etwas sagen, öffnete den Mund, aber es kam kein Wort heraus.

Christl legte ihre Hand auf Johannas Arm. »Ich verstehe dich schon, der Mitterhofer hat dir schöne Augen gemacht. Der Mann gefiel dir, du hast angefangen, an ihn zu denken, dich zu freuen, wenn du mit ihm zusammengetroffen bist. Du hast angefangen, ihn zu lieben, und versucht, nicht zu sehen, was er deinem Vater antat.«

»Nein!«, wehrte sich Johanna erregt.

»Es kann schon sein, dass er auch dich liebt, denn du bist sehr schön. Damals schon, als wir noch zur Schule gingen, haben wir dich die Fee vom Frauenberg genannt, zuerst wolltest du's nicht hören, später hat es dir geschmeichelt. Ob es nun der Mitterhofer ehrlich mit dir meint oder nicht, das weiß ich nicht. Ich denke nur auch an deinen Vater. Der Gedanke muss furchtbar für ihn sein, dass du dich von ihm lossagen könntest.«

Es war dunkel geworden, als Johanna das Grandlhaus verließ.

»Der Max soll dich begleiten, wenigstens bis über den Wald hinaus«, sagte die Christl und rief nach ihrem Bruder. Aber Max war nirgends zu sehen. Sie gingen sogar um das Haus herum und suchten die nähere Umgebung ab. Max aber war nicht da.

»Lass nur!«, sagte Johanna. »Es ist ja nicht weit.«

»Fürchtest du dich nicht?«

»Nein.«

Das Wetterleuchten am Himmel war so weit entfernt, dass sie nicht damit rechnen musste, in das Gewitter zu geraten, und der Wind blies der Wolkenwand auch noch entgegen.

»Komm gut heim!«, wünschte die Christl.

Es war dann doch etwas unheimlich im finsteren Gehölz, besonders weil Johannas eigene Gedanken ihr Gemüt zusätzlich noch aufregten und beunruhigten. Sie ging schnell, um dem Wald mit seinen unheimlich knisternden Geräuschen zu entkommen. Durch das Geäst flammte zuweilen der helle Schein des Wetterleuchtens auf.

Thomas war beim Moritz von der Wildalm! Nein, das durfte sie daheim nicht sagen, vor allem nicht dem Vater, denn diese Nachricht würde das Unglück nur vergrößern. Sie kam an die schmale Lichtung, wo ein wackeliger Steg über einen kleinen Bach führte. Im Schein des aufzuckenden Wetterleuchtens sah sie eine Gestalt im Weg stehen. Erschrocken hielt sie ihren Schritt an und presste die Hand gegen das pochende Herz. Sie war im Augenblick keines Wortes und keines Rufes mächtig.

»Hab ich dich denn so erschreckt?«, sagte eine wohl bekannte Männerstimme. Es war Dietrich Domin.

»Ja«, gestand sie atemlos.

Er kam näher. »Das tut mir aber Leid! Ich habe dich vor einer knappen Stunde auf dem Weg zum Grandlhaus hinüberlaufen sehen und habe mir erlaubt, hier auf dich zu warten.«

»Ich muss heim, die Mutter macht sich sonst Sorgen«, sagte sie und warf einen scheuen Seitenblick zu seinem Gesicht. Wenn das Wetterleuchten aufschimmerte, konnte sie es sehen und auch die metallene Plakette seines Jagdabzeichens, die er an seinen Hut gesteckt hatte.

»Wir haben uns nun schon so lange nicht mehr gesehen, dass ich langsam befürchte, du gehst mir aus dem Weg!«, forschte er.

»Der Vater duldet es nicht.«

»Was duldet er nicht?«

»Dass wir uns treffen.«

»Dein Vater ist ein Narr, Johanna!«

»Ich verbiete dir, so von meinem Vater zu sprechen!«

»So sprechen auch andere von ihm. Du selbst hast mir geklagt, dass mit deinem Vater schwer auszukommen ist, man könne sich nicht mit ihm aussprechen, alles müsse nach seinem Kopf gehen.«

»Ich habe den Vater nicht verstanden, jetzt ist das anders, ich verstehe ihn besser und wünsche nur, dass mein Bruder zu der gleichen Einsicht kommt!«

Er war bestürzt. Abermals zuckte das Wetterleuchten über sein Gesicht und ließ das Metall an seinem Hut aufschimmern.

Sie sah das böse Flackern in seinen Augen.

»Das heißt also, wenn du dich zwischen mir und deinem Vater entscheiden müsstest ...«

»Dann würde ich mich für den Vater entscheiden.«

»Johanna!«

Sie wollte ihren Weg fortsetzen, aber er hinderte sie daran.

»Lass mich!«, bat sie.

»Nein, ich lasse dich nicht, bevor du mir nicht erklärt hast, was mit dir los ist. Ich habe dir offen meine Liebe gestanden.«

»Du bedrängst meinen Vater auf diese Weise, du willst, dass er aus seinem Haus vertrieben wird und du schmähst alles, was ihm und uns teuer und heilig ist! Und da sprichst du von deiner Liebe zu mir?«

»Das alles hat mit uns beiden nichts zu tun! Und wenn du fürchtest, in den Augen der Leute hier als Abtrünnige zu gelten, dann musst du nicht unbedingt dein Leben im Mitterhof und in diesem Dorf zubringen. Ich habe etwas ganz Besonderes mit uns beiden vor.«

»Bitte, lass mich gehen!«, forderte sie abermals.

»Nein. Wir haben uns noch nicht ausgesprochen.«

»Ich will nicht mit dir sprechen.«

Er lachte gezwungen. »Was muss ich tun, um dein Vertrauen zurückzugewinnen? Soll ich mit scheinheiliger Miene am Frauentag in der Prozession mitgehen? Gar noch eine Fahne oder eine Heiligenfigur tragen?«

Sie konnte den Spott nicht mehr ertragen und ging mit einer raschen Wendung an ihm vorbei.

Aber er bekam ihren Arm zu fassen und riss sie zurück. »Nein, nein! Ich lasse dich nicht gehen, bis du dein Versprechen, mir gehören zu wollen, wiederholt hast. Was fürchtest du denn auf einmal? Deinen Vater? Er kann dir nichts weiter tun, als dich davonzujagen. Dann kommst du eben zu mir und in wenigen Tagen bist du meine Frau. Das wolltest du doch sein? Oder hast du mir nur etwas vorgelogen mit deiner Liebe? Das würde ich dir nicht geraten haben, denn sonst müsste ich Gewalt anwenden.«

Sie wollte sich losreißen, aber er hielt sie fest. Sie rief um Hilfe und er lachte nur grimmig. »Ich weiß, dass du mich liebst!«

»Nein!«

»Du lügst, Johanna, aus Furcht vor deinem Vater lügst du!« Er verlor die Beherrschung. »Laufe mir bloß nicht davon! Ich folge dir in dein Haus und fordere dich von deinem Vater, gleichgültig, welches Unglück es dabei geben wird. Es ist zu spät, Johanna! Ich lasse nicht mehr von dir ab!«

Sie fürchtete sich jetzt vor ihm. Im Schein der wetterleuchtenden Blitze sah sie sein Gesicht und erkannte es fast nicht mehr. War das noch der vornehme, besonnene Mann, den sie am Herzogsteig so oft getroffen hatte?

Da geschah etwas Unbegreifliches: In der Nähe krachte ein Schuss, er peitschte durch das Gehölz, wo Rascheln und Krachen verriet, dass das Wild und die Vögel aus ihren Verstecken aufschreckten. Dietrich Domin war bestürzt. Sein Hut saß schief auf seinem Kopf, von der Plakette hingen die Fetzen weg. Er riss die Flinte von der Schulter. »Welcher Lump hat hier geschossen?«, rief er und sprang, Deckung suchend, hinter einen Baum. Sein Gesicht war schneeweiß, seine Hände zitterten, als er das Gewehr in Anschlag brachte.

Johanna aber floh über den Steg, sie lief wie um ihr Leben, stürzte und richtete sich auf, in ihrer Angst verirrte sie sich und musste den Weg wieder suchen. Die Blitze leuchteten auf. In der Ferne verhallte der Donner. Endlich lichtete sich der finstere Wald. Sie musste sich erst orientieren, wo sie war. Dann sah sie im wetterleuchtenden Blitzlicht die Fenster der Kapelle aufschimmern. Sie lief darauf zu und kauerte betend und weinend vor der verschlossenen Tür. Sie horchte in den Wald hinab, hörte aber nichts mehr. Niemand war ihr gefolgt.

»Heilige Jungfrau, hilf mir! Ich darf ihn nicht lieben und will es nicht. Hilf mir!«

Sie dachte über das Geschehene nach und erinnerte sich an den Schuss, an die zerschossene Plakette am Hut Domins, an sein schneeweißes Gesicht, als er erkannte, wie nah er dem Tod gewesen war.

Wer hatte auf ihn geschossen? Wer wollte die furchtbare Schuld auf sich nehmen, einen Menschen zu ermorden? Dietrich Domin, der Mitterhofer, sollte auf eigenem Grund und Boden getötet werden! Auch wenn er den Leuten im Dorf die Kapelle weggenommen hatte, durfte man nicht nach seinem Leben trachten. Hätte der Schütze nur wenige Zentimeter tiefer gezielt, wäre die Kugel Dietrich Domin durch den Kopf gegangen. Der Vater hatte es nicht getan, er hatte nie einen Stutzen besessen. Wer dann?

Sie kauerte immer noch vor der Kapellentür, zitterte und fieberte vor Entsetzen. Der Donner kam näher, der Wind wurde stärker und wechselte die

Richtung. Da sprang sie auf. Über den Weg herab kam eine breite, schwarze Gestalt. Schwer hämmerten die genagelten Schuhe auf den felsigen Boden. Sie kannte diesen Schritt.

»Vater!«, schrie sie und warf sich ihm entgegen. Sie lag vor seinen Füßen, aber er bückte sich nicht nach ihr, sondern blieb stehen und schaute nur schweigend auf sie herab. Langsam erhob sie sich.

»Was machst du hier?«, fragte er.

»Ich war drüben im Grandlhaus. Es war wegen der Mutter – sie erträgt es nicht, du weißt schon, wegen dem Thomas. Ich habe gemeint, etwas erfragen zu können, wo er sich aufhält …«

Der Kapellenwirt sagte nichts und rührte sich nicht.

»Verzeih mir, Vater!«

»Die Mutter sorgt sich zu Tode um dich«, sagte er endlich, und wie es Johanna schien gar nicht so unwirsch. »Es kommt ein Gewitter, da ist man besser daheim aufgehoben. Was ist los? Du hast Blut im Gesicht. Bist du gestürzt?«

Sie nickte. »Ich bin geflohen.«

»Vor wem?«

»Vor dem Mitterhofer.«

Sein Gesicht versteinerte sich, man konnte es im Dunkel zwar nicht sehen, aber Johanna fühlte es.

»Ich wollte ihn nicht treffen, aber er lauerte mir auf«, berichtete sie. »Er wollte sich aussprechen mit mir, ich verweigerte es …«

»Und?«

»Er wurde zudringlich und heftig – aber irgendjemand hat dann auf ihn geschossen. Die Kugel hat die Plakette an seinem Hut zerschlagen.«

Der Kapellenwirt horchte auf. »Wer?«

»Ich weiß nichts weiter. Domin erschrak und ging wohl in Deckung. Ich bin hierher geflüchtet.«

Eine Weile stand der Kapellenwirt gedankenverloren da. Der Wind wuchs an, er rauschte in den Bäumen und zerrte an ihrer Kleidung.

»Vater, verzeih mir. Ich war undankbar gegen dich!«

Er stand immer noch verstört da.

»Beschütze mich vor Domin! Vor mir selbst! Es ist so furchtbar – ich weiß, wer er ist, was er uns allen antut – aber ich liebe ihn doch, Vater. Er darf nicht verloren sein! Er darf nicht ...«

»Komm!«, sagte er, ergriff ihren Arm und führte sie nach Hause. Das Licht in der Stube schimmerte ihnen durch das Fenster entgegen. Kalt fielen die ersten großen Regentropfen in Johannas heißes Gesicht.

»Und was wissen sie drüben im Grandlhaus?«, fragte er plötzlich.

»Nichts«, log sie. Der Mutter wollte sie die Wahrheit sagen. »Es war nur die Christl daheim, sie will es dem Max sagen, der doch viel im Gebirge herumkommt.«

Sie erreichten gerade noch das Haus, ehe das Unwetter mit einem gewaltigen Donnerschlag losbrach.

11

Wenn der alte Marterl-Muk unterwegs war, führte er lebhafte Selbstgespräche, es konnte auch sein, dass er laut betete, denn er war ein frommer Mann. Sein Alter und seine Hinfälligkeit konnten ihn nicht daran hindern, immer noch im Gebirge herumzusteigen, wenn er sich auch plagen musste und oft eine Weile stehen blieb, weil ihm, wie er sagte, der Schnaufer ausging. Vor allem waren es die Marterl, die er aufsuchte. Viele hatte er selbst gemalt und gesteckt. Sie bedurften ab und zu einer Farbauffrischung oder es musste die Schrift nachgezogen werden, die von Schnee und Regen ausgelöscht war. Es kam sogar vor, dass sein Weg bis hinauf zur Wildalm führte. Dann suchte er die alte Monika auf, setzte sich zu ihr in die Küche und löffelte eine Schüssel Sauermilch, die die Alte ihm unaufgefordert hinstellte.

Sie hatten beide eine reiche Erinnerung, und wenn sie auf vergangene Zeiten zu sprechen kamen und auch auf die Menschen, die sie gekannt hatten, dann vergaß selbst die Monika ihre Arbeit und setzte sich hin zum Muk, um die Vergangenheit wiederaufleben zu lassen. Im Mittelpunkt stand bei beiden die wundertätige Kapelle vom Frauenberg und gerade darüber konnte der Muk viel erzählen. Er hatte unzählige Täfelchen gemalt und beschriftet, die für diese und jene wunderbare Hilfe Zeugnis ablegten und in der Kapelle aufgehängt wurden. Auch Pilger von weit her, wusste er zu berichten, waren in auswegloser Not zum Frauenberg gekommen und in der Kapelle erhört worden. Sie beauftragten den Muk, ihr Unglück und die Rettung daraus bildlich auf einem Votivtäfelchen darzustellen, weshalb sie ihm die ganze Geschichte ihrer Not dann berichteten. Deshalb konnte der Marterl-Muk so viel über die wundertätige Kapelle vom Frauenberg erzählen. Er war ein glühender Verehrer des Heiligtums und litt schwer unter den böswilligen Maßnahmen des neuen Herrn vom Mitterhof.

»Aber merk dir, Monika, jede Schuld rächt sich auf Erden, wenn Gott dem Sünder noch die Gnade schenkt. Ich hab es erlebt. Ich habe es mit eigenen Ohren gehört, wie Menschen, die im Sterben lagen, ihre Schuld bekannten, die sie bis dahin verschwiegen hatten!«

Manchmal kam der Moritz dazu und hörte schweigend den Reden der beiden Alten zu, aber nicht immer, denn er war die meiste Zeit nicht daheim.

»Wo ist er wieder?«, fragte der Muk.

»Was weiß ich?«

»Vielleicht im Dorf?«

»Was will er dort?«, meinte die Großmutter.

»Es kann ein Mädchen sein, das ihn dort hinzieht.«

»Ich glaub's nicht, Muk.«

»Aber ich glaub's!«

»Gott mag ihn davor bewahren! Wer meint es heut noch ehrlich? Sagt man nicht drunten, dass der Moritz ein Lump sei?«

»Es laufen viele Lumpen herum, Monika, von denen man es nicht sagt.«

Einmal geschah es, dass der Marterl-Muk am späten Abend von der Hohen Grüft herabkam. Als er am einsamen verwitterten Wegkreuz vorbeikam, sah er in der Nähe den Moritz auf einem Felsfindling sitzen. Er war so tief in seine Gedanken versunken, dass er die schlurfenden Schritte des Alten gar nicht beachtete. Sein Blick war auf das Kreuz gerichtet, auf die verwelkten Blumen, die daran geheftet waren.

Der Muk ging auf den Burschen zu. »Du wartest wohl auf die Talmüller-Bärbel?«, fragte er.

Moritz wandte ihm sein Gesicht zu, sagte jedoch nichts.

»Hast sie wohl recht gern?«, fuhr der Alte fort. »Könntest sie auch gut brauchen droben auf deiner Wildalm, ich weiß. Nebenbei müsstest du halt im Taglohn arbeiten, vielleicht als Holzfäller, so wie dein Vater, oder als Jäger. Wenn Kinder kommen, wachsen die Ausgaben, und am Haus müsste manches ausgebessert werden, vielleicht bräuchte auch der Stall eine Vergrößerung für ein paar Kühe mehr. Das Futter ist ja da.«

Moritz sprang unwillig auf seine Beine. »Hör auf, Muk! Oder willst du mich verspotten?«

Der Alte schüttelte den Kopf. »Ich möchte dir helfen, Bub, einen Rat geben!«

Er näherte sich Moritz und legte ihm die Hand auf die Schulter. »Du sollest mit deinem Herumschleichen aufhören!«

»Ich muss meinen Schwur einlösen, Muk, und den Mörder meines Vaters finden!«

»Du siehst ja, dass du ihn nicht findest, darum höre auf damit! Gott ist der letzte Richter. Vor ihm kann sich keiner verbergen, darum überlasse ihm die Rache! Tu, was ich dir sage: Richte dein Haus zusammen, vergrößere den Stall! Kümmere dich um das Futter und dünge deine Wiesen! Am Sonntag geh hinab ins Dorf zur Kirche, begegne den Menschen aufrecht und offen, zeige ihnen, dass du kein Lump bist, so wenig wie dein Vater einer war. Die Talmüller-Bärbel wird sich freuen. Ich hab mich gewundert, dass sie so oft hier vor dem Kreuz stand. Sie hat für dich gebetet. Es wird noch alles gut, Moritz! Glaube mir! Deine Großmutter braucht dich auch und sie wird früher oder später auch die Hilfe deiner jungen Frau brauchen.«

Moritz stand mit gefurchter Stirn da. »Die Talmüllerin wird es nie zulassen, dass die Bärbel mich heiratet!«, sagte er.

»Sie wird es zulassen, sobald sie sieht, wer du bist. Noch weiß sie es nicht. Du wirst noch viel Kraft brauchen, Bub, aber du hast sie!«

»Ich muss den Mörder meines Vaters suchen! Ich habe es der Mutter am Sterbebett versprochen. Dann erst ist Frieden in meinem Herzen, dann will ich tun, was du sagst, Muk.«

»Nein, das kannst du nicht, der Mörder deines Vaters ist längst tot.«

Daran hatte der Moritz noch nicht gedacht. Natürlich – der Tod kam über alle Menschen, über gute und böse, oft ganz unerwartet. Warum sollte es nicht so sein können, wie der Muk meinte? Nein, er meinte es nicht, er wusste es! Er hatte es so bestimmt gesagt. Dann musste er den Mörder gekannt haben. Er schaute verwirrt auf, als der Alte wieder zu sprechen begann.

»Lass beide in Frieden ruhen, Moritz, ihn, den Unglücklichen, und deinen Vater! Unsere Liebe Frau vom Frauenberg ist mächtig, aber sie ist still, so still, dass man nur seinen eigenen Atem hört, wenn man durch das Gitter der Kapelle schaut. Sie wartet nur, wartet auf uns alle, dass wir kommen. Auch auf dich wartet sie! Es macht nichts, wenn auch kein Licht mehr brennt, keine Glocke mehr läutet – sie ist dennoch da und wartet! Der Marterl-Muk hat es dir gesagt, und er sagt es jedem, auch dem Mitterhofer, der es freilich nicht hören will.«

Erst als es still geworden war und die schlurfenden Schritte sich entfernten, schrak Moritz aus seinen Gedanken auf. Der Marterl-Muk trippelte inzwischen bereits talwärts.

»Muk!«, rief Moritz ihm nach.

Aber der Alte hörte nicht mehr auf ihn, und Moritz wagte nicht mehr, ihm nachzulaufen. Er hatte oft über die Dummköpfe gelacht, die sich vor dem Marterl-Muk fürchteten. Doch jetzt erschauerte er selbst.

12

Dietrich Domin hatte die Holzschläge und Neuaufforstungen in seinen Wäldern aufgesucht, um sich an Ort und Stelle vom Fortgang der Arbeiten zu überzeugen. Im Waldgut Mitterhof waren etwa ein Dutzend Leute das ganze Jahr über beschäftigt, in den Zeiten des Hochbetriebs wurden noch weitere Hilfskräfte eingestellt, je nachdem, wie die Auftragslage war. Und Dietrich Domin schien von seinem Geschäft etwas zu verstehen. Er verhandelte mit den Holzaufkäufern, schloss Verträge ab und war selbst hinter seinen Leuten her, dass alles genau erfüllt wurde. Er achtete darauf, dass innerhalb seiner Forstreviere Ordnung herrschte, und nahm jeden noch so geringen Vorgang wahr, der dem Betrieb gefährlich werden konnte. So war er ständig unterwegs und schien menschliche und freundschaftliche Gesellschaft offenbar nicht zu vermissen, wenigstens wusste man nichts von irgendwelchen Freunden. Mit seinen Nachbarn lebte er in Unfrieden, seitdem er den Streit um die Kapelle vom Frauenberg begonnen hatte, und im Dorf war er auch nicht sehr beliebt.

Zurzeit waren es die Windbrüche in seinen Wäldern, die ihn und seine Leute beschäftigten. Starke

Gewitterböen hatten hier und dort an besonders gefährdeten Stellen die Bäume entwurzelt oder Äste abgerissen. Hier musste sofort aufgeräumt werden, ehe sich der Borkenkäfer einnisten konnte, dem sonst der ganze Forst zum Opfer fallen würde. Es war für die Leute vom Waldgut also etwas sehr Ungewöhnliches, wenn ihr Herr sich an einem solchen Tag überhaupt nicht sehen ließ. Er war auch nicht daheim gewesen, wie die alte Hausmagd berichtete. Hätten sie jedoch gewusst, dass er zum Polizeirevier gegangen war, wäre zu ihrer stillen Verwunderung noch helle Aufregung gekommen. Jeder hätte sich zumindest fragen müssen, was denn vorgefallen sei, dass die Polizei davon verständigt werden musste.

Aber man wusste es eben nicht. Auch im Dorf nicht. Es wurde bereits Nacht, als Dietrich Domin zum zweiten Mal die elende Hütte von der Wildalm aufsuchte. Bei seinem ersten Besuch hatte er dem Moritz die Stelle als Jäger und Waldpfleger angetragen, weil er glaubte, in ihm den Mann gefunden zu haben, den er brauchte. Aber der Bursche hatte das Angebot wider Erwarten abgelehnt.

Über den Bergen stand der Mond. Sein bleiches Licht schimmerte auf dem taufeuchten Dach der Hütte, in den unverhängten Fenstern und auf dem bröckelnden Gemäuer. Durch das kleine Fenster neben der Türe blinzelte ein Licht. Es war also jemand da. Langsam näherte Domin sich dem stillen Haus, er blieb unter dem alten Wildbirnbaum stehen und horchte. Irgendetwas hatte er gehört, ein leises Wispern oder Kratzen. Aber es war nichts zu sehen, kein Mensch, kein Tier. In der Nähe bimmelten die Glocken der Kühe, sie mussten sich am grünen Hang auf der Nachtweide befinden. Der Mitterhofer ging zur Tür und drückte die Klinke. Er öffnete die Tür zur Stube, aber dort war es dunkel.

»He!«, rief er mit lauter Stimme. »Ist denn niemand da?«

Es kam keine Antwort. Aber irgendwo schlurften Schritte. Er rief noch einmal, diesmal lauter. Im dunklen Hintergrund ging jetzt eine Tür. Die alte Monika kam hervor. In ihrem Kopftuch und dem langen Rock glich sie einer Hexe. Der Schein des Laternenlichtes fiel auf ihr runzeliges Gesicht und spiegelte sich in ihren grauen Augen, als sie näher kam.

»Wer ist's?«, fragte sie. »Was gibt's?«

»Ich bin es, der Mitterhofer«, antwortete er. »Ist dein Enkel da?«

»Weiß nicht. Es kann schon sein, dass er da ist, bloß nicht für jeden. Für dich jedenfalls nicht, Mitterhofer!«

»So? Und warum wohl nicht?«

»Das kannst du dir selber denken, man weiß ja, was du für einer bist!«

»Hoppla, Alte! Du führst aber eine freundliche Sprache!«, sagte Domin mit grimmigem Lachen.

»Man redet zu dir, wie du's verdienst, du Kapellenschänder!«, erwiderte die Monika giftig. »Ich hab dich nicht gerufen, drum schau, dass du hinauskommst!«

»Ich weiß nicht, ob du auch dann noch ein böses Maul hast, wenn demnächst die Polizei kommt!«

»Was hat die Polizei bei uns verloren? Sie sollen dahin gehen, wo sie nötig sind, und unschuldige Menschen in Ruhe lassen, wie es auch du tun sollst!«

»Unschuldige Menschen!«, höhnte Domin. »Das werden wir dann gleich sehen! Hol mir den Kerl her, damit ich ihm etwas zeigen kann!«

»Was willst ihm denn zeigen?«

»Wie gut er schießen kann.«

»Der Moritz schießt nicht!«

Domin riss seinen Hut ab, streckte ihn ihr hin und deutete auf die durchlöcherte Plakette. »Ist das nicht geschossen?«

Die Monika ließ sich nicht davon beeindrucken. »Woher willst du wissen, dass es der Moritz getan hat? Du hast hier Feinde genug und du brauchst dich nicht zu wundern, wenn dir einmal eine Kugel durch den Hut geschossen wird. Sei froh, dass sie nicht in den Kopf gegangen ist.«

Die Alte war nicht einzuschüchtern, wenigstens nicht mit Worten, deshalb nahm er die Flinte von der Schulter.

»Wir werden ja noch sehen, durch wessen Kopf eine Kugel geht. Schau also, dass du den Burschen herbringst!«

»Er ist nicht daheim.«

»Ich glaub dir's nicht.«

»Schau selber, ob du ihn findest. Kannst in jeder Kammer suchen, ich erlaube es dir. Kannst auch gleich alles nach dem Stutzen absuchen, im Stadel und im Schuppen, wo du willst. Er ist nicht da.«

Mit dieser alten Frau wurde er nicht fertig. Domin nahm die Flinte wieder auf die Schulter.

»Dann bestelle deinem Burschen, dass er sich morgen bei mir im Mitterhof melden soll.«

»Das kann ich ihm schon sagen, aber er wird nicht kommen.«

»Dann schicke ich euch die Polizei ins Haus!«

»Darüber werden wir uns recht freuen!«, höhnte sie.

»Du bist doch eine alte, widerliche Hexe!«

»Und du bist ein Teufel! Schau also, dass du heimkommst, wir wollen mit dir nichts zu tun haben, wir sind anständige Menschen und lassen nicht den Herrgott aus der Kapelle werfen!«

Domin stieß mit dem Fuß die Tür hinter sich zu und ging davon.

Er sah und merkte nichts mehr davon, dass eine Weile später aus dem dichten Gebüsch des Wildbirnbaumes ein Mensch herab auf die Erde plumpste und wendig wie eine Katze auf die Beine sprang. Das war der Moritz. Gleich darauf kletterte eine zweite Gestalt vom Baum herab, das war Thomas, der Sohn vom Kapellenwirt. Ohne ein Wort zu sprechen, gingen sie ins Haus, um zu hören, was der Herr vom Mitterhof bei ihnen gewollt hatte.

13

In der Stube des Kapellenwirts waren nur noch zwei Menschen, es war spätabends. Von der Decke leuchtete eine einzige Lampe. Die breite, wuchtige Gestalt Steppachers stand hoch aufgerichtet da. Das Gesicht dem Fenster zugewandt, hörte er auf die lispelnde Stimme, die aus der dunklen Ecke kam.

Dort saß zusammengekauert der Marterl-Muk. Er sprach wieder wie zu sich selbst, aber laut genug, dass Steppacher Wort für Wort mithören konnte. »Von der Hohen Grüft wandern die Gämsen ab – ein toter Berg! Die Kreatur flüchtet! Warum? Sie versteht den Wink und gehorcht ihm. Schon einmal ist der Berg über uns gekommen.«

Johanna kam in die Stube, ging hinter den Schanktisch, wo sie irgendetwas zu tun hatte.

»Wir sollten uns daran erinnern und uns fürchten«, fuhr der Muk murmelnd fort. »Die Kapellenfenster sind dunkel, sehen einen an wie erloschene Augen. Und es ist bald der hohe Frauentag!«

Steppacher wandte sich um und blickte in den Winkel, wo der Muk saß.

Johanna näherte sich ihm. »Wovon redet er?«, flüsterte sie.

»Irres Zeug, aber er hat Recht: Wir sind alle mitschuldig.«

»Ich habe Angst, Vater!«

Er achtete nicht darauf. »Ist die Mutter im Bett?«

»Ja.«

»Bleib du noch ein wenig auf. Ich geh nur schnell zum Grandlhaus hinüber. Richte ein Bett für den Muk, wir können ihn heut nicht mehr ins Tal schicken.« Sie nickte.

»Weißt du, wo der Thomas ist?«

Sie brauchte keine Antwort mehr zu geben, denn draußen auf den Gangbohlen polterten schwere Schritte und die Aufmerksamkeit Steppachers richtete sich auf die Tür. Über die Schwelle trat Dietrich Domin.

»Guten Abend!«, sagte dieser höflich und tippte mit den Fingern an seinen Hut.

Steppacher stellte sich ihm wie zur Wehr entgegen, Johanna war zurückgewichen, fast bis in den Winkel, wo der alte Muk saß.

»Was gibt's?«, fragte der Kapellenwirt unwirsch.

Domin blickte Johanna an und wandte sich nur allmählich dem Wirt zu. »Ein vernünftiges Wort reden«, sagte er.

»Können Sie das überhaupt, Herr Domin? Ein vernünftiges Wort setzt ein vernünftiges Denken voraus. Und das bezweifle ich bei Ihnen.«

Domin blieb in der Nähe der Tür stehen, man bot ihm auch keinen Platz an. »Sie feinden mich also immer noch an, Steppacher?«, fragte er.

»Solange Sie die Kapelle und ihre Nachbarn bedrohen!«

»Tu ich das denn?«

»Ja, das tun Sie! Sie haben diese Feindschaft gesucht und geschürt!«

»Ich wollte nur meine Rechte geltend machen, um die man mich zu bringen suchte.«

»Und richten mich dabei zugrunde!«

»Das ist nicht wahr! Ich bot Ihnen das bestmögliche Tauschobjekt an!«

»Darum geht es mir nicht, Herr Domin, sondern um meinen Platz hier bei der Kapelle. Ich würde mich vor mir selber schämen, eines besseren Geschäftes wegen meine Grundsätze aufzugeben.«

»Das hat Ihnen bis heut niemand gedankt!«

»Auch darum geht es mir nicht. Ich bleibe, wo ich bin und wer ich bin, Herr Domin. Und damit ist alles gesagt!«

Domin äugte nach Johanna, die ihre großen Augen bittend auf ihn gerichtet hielt. Dann nahm er seinen Hut vom Kopf und zeigte dem Wirt die durchschossene Plakette.

»Schauen Sie einmal das hier an, Steppacher! Die Nachbarn der Kapelle oder des Herrgotts, wie Sie sagen, haben eine seltsame Art, ihren Kampf gegen mich zu führen! Zwei Zentimeter tiefer, und es wäre ein Mord geschehen! So geht das nicht, Steppacher! Mit Schüssen, die aus dem Dunkel auf meinen Kopf gerichtet sind, lässt sich kein Friede herbeiführen, im Gegenteil, ich werde nun rücksichtslos jeden zur Anzeige bringen, der mein Forstgebiet betritt. Denn jetzt muss ich davon ausgehen, dass jeder, der sich mir nähert, vielleicht unter dem Vorwand, zur Kapelle zu gehen, mir in Wirklichkeit nach dem Leben trachtet!«

»Wer weiß denn, welche Feinde Sie sonst noch haben, Herr Domin? Vielleicht von früher? Von unseren Leuten hier schießt keiner auf Sie! Das dürfen Sie mir glauben: Diese Schuld lädt keiner auf sich!«

»Wir werden es ja hören, wenn die Polizei ihre Untersuchung angestellt hat. Vielleicht wundern wir uns dann, welch ein frommer Mann als Täter gefunden wird! Meinen Sie nicht auch?«

Die Augen des Kapellenwirtes blitzten. »Jetzt sagen Sie nur noch, dass ich es gewesen bin!«

»Das habe ich nicht gesagt. Aber es ist jeder verdächtig, der mich mit einem solchen Hass verfolgt wie Sie, Steppacher!«

»Mann, verlassen Sie mein Haus!«

»Ich habe noch mehr zu sagen! Es handelt sich um Ihre Kinder, Steppacher! Der Sohn ist Ihnen davongelaufen, weil er an dem Unverstand seines

Vaters verzweifelt ist. Und wenn Sie noch länger so fortfahren, wird auch Ihre Tochter daran zerbrechen!«

»Darüber haben wir beide nicht miteinander zu sprechen. Hier in diesem Haus bin ich der Herr! Und sollten Sie sich noch einmal unterstehen, auch nur einen Schritt hier hereinzutun, werfe ich Sie hinaus! Schicken Sie mir ruhig die Polizei, aber sie wird mir den Hausdurchsuchungsbefehl vorzeigen müssen. Dann soll sie meinetwegen nach der Waffe suchen, mit der auf Sie geschossen wurde. Ich bedaure nur« – jetzt begann er zu schreien – »dass er nicht besser getroffen hat!«

»Vater!«, rief Johanna erschrocken.

»Hinaus mit Ihnen!«

»Das – das ist das Ende, Steppacher!«, sagte Domin dumpf und gefährlich. »Sehen Sie zu, dass Sie mir nicht mehr über den Weg laufen!«

»Sie auch, mein Herr! Hinaus!«

Dietrich Domin ließ noch einen funkelnden Blick durch die Stube kreisen, dann ging er. Laut fiel die Tür zu. Johanna eilte auf den Vater zu, sie hatte Angst, er könnte ihm folgen, denn er hatte sich wie zum Sprung aufgerichtet. Sie lehnte sich an der Tür an, entschlossen, ihn zurückzuhalten. Ihr Gesicht war kreidebleich.

»Die Pforten der Hölle werden sie nicht überwältigen!«, sagte der Muk aus seinem dunklen Winkel. »Es kommt der große Frauentag – an der Hohen Grüft wandern die Gämsen ab –«

Und weiter murmelte der Alte, aber die beiden anderen hörten es nicht.

»Der Schuss fiel in der Nacht, als ich vom Grandlhaus heimkehrte«, begann Johanna. »Wir standen vor der Wildbachbrücke, wo er auf mich gewartet hatte. Ich war in großer Angst, weil ich dort allein mit ihm war und ringsum lag alles im Dunkeln. Ich fürchtete mich, denn er verlangte von mir, ich solle die Eltern verlassen und in den Mitterhof ziehen – als seine Frau –«

Steppacher schaute ihr schweigend und starr auf den Mund.

»Ich bat ihn, seine Feindschaft einzustellen – ich forderte es, aber er redete nur von seiner Liebe. Ich wollte fliehen, aber er riss mich zurück – und da fiel der Schuss aus dem finsteren Gehölz.«

Schweigen.

»Und dann?«, fragte Steppacher.

»Er erschrak furchtbar – ich konnte fliehen –«

»Wer hat geschossen?«

Das wusste eben doch niemand, wer geschossen hatte.

Nun regte es sich wieder im dämmerigen Winkel. Der Marterl-Muk war aufgestanden und kam mit schlurfenden Schritten hervor. Er griff nach seinem Hut, der am Wandnagel hing.

»Du bleibst diese Nacht bei uns, Muk!«, sagte Steppacher. »Wir haben schon Platz für dich.« Und an seine Tochter gewandt: »Richte ihm ein Bett!«

»Vergelt's Gott!«, sagte der Alte dankbar und folgte Johanna die knarrende Stiege hinauf in eine der Kammern, wo er diese Nacht schlafen durfte. Der Kapellenwirt aber machte sich fertig und begab sich auf den Weg zum Grandlhaus hinüber.

Die Christl war allein, ihr Bruder war noch nicht heimgekommen. Sie hatte die Tür abgesperrt und fragte erst, wer zu ihnen wolle, ehe sie öffnete.

»Der Kapellenwirt!«

Da zog sie den Riegel zurück. Steppacher trat ein, sah ihr erschrockenes Gesicht und versuchte zu lächeln.

»Bin ich ein Mann, vor dem man sich fürchten muss?«, fragte er.

»Ich fürchte mich nicht. Ich bin nur allein, darum hab ich den Riegel vorgelegt.«

»Hast schon Recht. Ich hätte mit dir zu reden.«

Sie führte ihn in das Stübchen, räumte schnell den Tisch ab, auf dem sie geschneidert hatte, und schob ihm einen Stuhl zu.

»Nimm Platz, Kapellenwirt!« Steppacher setzte sich. Sie tat dasselbe. »Worum geht's?«, fragte sie.

»Um den Thomas. Du weißt ja wohl, dass er mir davongelaufen ist.«

Sie verschränkte die braunen Arme und nickte. »Ja, das weiß ich!«

»Was sagst du dazu?«

»Ich? Warum fragst du mich, Kapellenwirt?«

Er wandte ihr sein Gesicht zu. »Warum? – Nun ja, ich weiß, es könnte vieles anders und besser sein, wenn ich den Buben aufgefordert hätte, dass er dich einmal ins Haus bringen soll, damit man über alles sprechen könnte. Ich hab gewusst, dass ihr euch gern habt. Nein, nein, du warst mir nicht zu gering! Ich hab mir nur gedacht, die Sache hat noch Zeit. Ich fühlte mich noch zu rüstig, um übergeben zu wollen. Ich wollte noch nichts davon hören, dass meine Zeit um ist und die Jungen an der Reihe sind. Kann schon sein, dass auch ein Stück Starrsinn dabei war, den mir der Herrgott verzeihen mag – auch du!«

Die Christl schwieg verlegen.

Steppacher spielte mit dem Zipfel des bunt bestickten Tischtuchs. Auch er war verlegen. Dann fuhr er fort, ohne den Blick zu erheben. »Es hat sich seitdem einiges geändert bei uns: Das Wirtshaus ist leer, die paar Kühe, die wir im Stall haben, machen die Suppe nicht fett. Trotzdem wollte ich nichts hören von einer Umsiedlung. Ich konnte es nicht glauben und glaube es auch heut noch nicht, dass die Kapelle geschlossen bleibt. Freilich, wenn es nach dem Willen des Mitterhofers ginge, hörte jede Wallfahrt zum Frauenberg auf. Aber es gibt stärkere Mächte, die ihm eines Tages das Zepter aus der Hand schlagen werden. Freilich, in diesem Glauben stehe ich bis auf ein paar gute Freunde allein. Wenn man vierzig Jahre die Glocke der Kapelle geläutet und die Kerzen zur Messfeier angezündet hat, wenn man sein ganzes Leben das rote Licht durch die Fenster zum Haus herüberschimmern gesehen hat, dann tut es schrecklich weh, wenn der eigene Sohn darüber hinweggehen will. Drum ist es so weit gekommen, dass ich ihn –«

Er stockte, weil er es nicht sagen wollte, dass er ihn niedergeschlagen hatte. Aber die Christl wusste es und brauchte nicht zu fragen.

»Er hat sich überreden lassen«, erzählte Steppacher weiter. »Er wollte, dass ich den Tausch mache, es kümmerte ihn nicht, was dann aus der Frauenbergkapelle würde. Da verlor ich halt die Beherrschung und schlug zu. Verstehst du das nicht?«

»O ja, das verstehe ich!«

»Glaube ja nicht, dass ich mir nicht ein Gewissen mache und mich frage, ob es nicht doch anders hätte geregelt werden können. Ich wollte eben, dass er einmal Kapellenwirt und des Herrgotts Nachbar sein möge wie ich und wie mein Vater.«

»Er wird es dennoch sein, Steppacher!«

»Wie?«

»Er wird als ein anderer zurückkehren.«

»Wo ist er?«

»Beim Moritz auf der Wildalm.«

Steppacher wollte auffahren. Sein Gesicht verfinsterte sich.

»Der Moritz ist ein Freund unseres Hauses, Kapellenwirt! Was die Leute über ihn sagen, ist gelogen. Aber, so Gott will, wird man eines Tages erkennen, was man ihm mit solchen Verleumdungen angetan hat. Es ist ein Verbrechen! Wir wollen fromme Leute sein, Kapellenwirt, Nachbarn des Herrgotts, und werfen Steine auf einen Menschen, der alle Kräfte aufbietet um sich und seine Großmutter mit Essen zu versorgen. Niemand macht sich die Mühe und steigt einmal hinauf zur Wildalm, um mit eigenen Augen zu sehen, dass es rechtschaffene Menschen sind, die sich dort um ihr tägliches Brot plagen. Ich habe es getan, Steppacher, noch bevor mein Bruder dort war. Frage den alten Muk, er wird dir das Gleiche sagen. Freilich, man sieht sie nicht in der Kirche. Nicht dass ihnen der Weg zu weit wäre, aber man rückt vor ihnen aus der Bank hinaus, Kapellenwirt! Das tut weher, als würde man sie ins Gesicht schlagen! Sie haben in ihrer Stubenecke ein Kreuz, davor knien sie und beten!«

Sie war erregt und rang nach Luft.

Steppacher schwieg.

»Wenn wir von des Herrgotts Nachbarn reden, dann sind die beiden Menschen von der Wildalm seine besten, nicht wir, die wir neben der Kapelle hausen und in der Dorfkirche unseren Stammplatz haben. Darum habe ich den Thomas zum Moritz hinaufgeschickt. Der erste Erfolg zeigt sich schon:

Der Thomas bereut, dass er einfach davongelaufen ist, Kapellenwirt. Er wird heimkehren und dich um Verzeihung bitten, und du wirst deine Freude an ihm haben.«

Steppacher stand auf. Es hielt ihn nicht mehr auf dem Stuhl. Vor sich hinblickend auf den gescheuerten Boden, wanderte er auf und ab.

Die alte Wanduhr schlug die volle Stunde. Dann war es wieder totenstill.

»Wenn du ihn siehst, dann sage ihm, dass ich auf ihn warte«, sagte er dann mit gepresster Stimme.

Die Christl nickte.

»Der Tag wird kommen, an dem wieder die Glocke der Kapelle läutet und an den Frauenfesten die Prozession heraufzieht. Glaubst du daran?«

»Ja.«

»Dann wirst du als junge Kapellenwirtin die Wallfahrer in deine Stube führen und bewirten, wie es unsere Mutter so lange getan hat. Willst du?«

»Ich will!«

»Christl, ich danke dir für alles! Es ist die erste Freude wieder seit langer Zeit und es ist eine große Freude!«

Sie standen draußen vor der Tür. Der Himmel glänzte unter dem flimmernden Sternbild dieser Augustnacht.

»Morgen in einer Woche ist der hohe Frauentag«, sagte er zu den Sternen aufblickend.

Sie nickte und folgte seinem Blick.

»Auf den Mitterhofer wurde geschossen, weißt du das?«, fragte Steppacher.

»Ich hab's gehört.«

»Das hätte man nicht tun sollen, weil man ihm nur wieder einen neuen Trumpf in die Hand gibt. Meinst du nicht?«

»Vielleicht musste dieser Schuss fallen?«

»Wieso?«

»Ich weiß es nicht, aber es könnte ja sein, dass dadurch ein größeres Unglück verhütet wurde.«

Steppacher nickte und dachte an seine Tochter.

Dann griff er nach ihrer Hand und drückte sie. »Gute Nacht, Christl!«

»Gute Nacht, Kapellenwirt! Komm gut heim!«

14

Die befestigte Straße, die aus dem Dorf führte und in mehreren Kehren gegen den Frauenberg anstieg, reichte eigentlich nur bis zum Mitterhof. Von hier ab wurde sie schmal, holperig und steinig und war dann nur noch für die Fahrzeuge befahrbar, die zum Holztransport in die Wälder kamen. Wenn man zu Fuß auf den Frauenberg ging, konnte man dem Mitterhof ausweichen, indem man einen schmalen Verbindungsweg einschlug, der später wieder in die Fahrstraße einmündete. Den Mitterhof ließ man damit ein ganzes Stück rechts liegen. Aber man konnte von hier aus einen Blick auf das lang gestreckte Wirtschaftsgebäude mit seinen Scheunen und Toren und daneben das Herrenhaus werfen, das in villenartigem, ländlichem Stil erbaut ist und in dem der Besitzer wohnte.

Vor der Tür des Herrenhauses sah man häufig das rote Auto stehen, das Dietrich Domin benützte, wenn er auswärts zu tun hatte. War dieser Wagen also da, wusste man, dass sich der Herr vom Mitterhof im Haus oder nur irgendwo in seinem Waldgebiet aufhielt, wofür man sich gerade in letzter Zeit immer öfter interessierte.

Das rote Auto stand auch da, als Pfarrer Kolb am frühen Vormittag dem Mitterhof zuschritt. Er war ein älterer, schmächtiger Mann, dem kaum anzumerken war, mit welcher Kraft und Unerschütterlichkeit er die mühevolle Seelsorge seines Pfarrsprengels ausübte. Mühevoll war seine Arbeit wegen der weit abgelegenen Einöden, wegen der oft steilen und im Winter unwegsamen Strecken, die er gehen musste, wenn er zu einem Kranken oder Sterbenden gerufen wurde. Er war schon als junger Priester in dieses Bergdorf gekommen und war nun so fest damit verwachsen, dass ihm selbst diese Strapazen zu einem wesentlichen Inhalt seines Lebens geworden waren.

Auch der wöchentliche Aufstieg zur Frauenbergkapelle, um die Messe zu lesen, und die Prozessionen an den Marienfesten war ein fester Bestandteil seines seelsorgerischen Wirkens. Deshalb litt niemand mehr unter den Ereignissen um den Frauenberg als er, wenn er es auch nicht auf die gleiche Art zeigte wie der temperamentvolle Kapellenwirt. Er glaubte immer noch, dass bei ruhiger Überlegung und verständnisvoller Aussprache ein Weg gefunden werden konnte, der zum Frieden führte zwischen dem Mitterhofer und dem Dorf. Deshalb hatte er sich heute auf den Weg gemacht, um den Mann aufzusuchen. Der hohe Frauentag stand vor der Tür. Wenn die große Prozession nicht stattfinden konnte, war mit dem Ausbruch gefährlicher Auseinandersetzungen zu rechnen. Und das wollte und musste er als Pfarrer des Dorfes verhindern.

Dietrich Domin war noch daheim, aber bereits zum Ausgehen angezogen. Die Leute waren draußen bei der Arbeit. Nur eine ältere Hausmagd lief geschäftig hin und her. Der Mitterhofer empfing den Pfarrer zurückhaltend, aber nicht unfreundlich. Er führte ihn in sein Wohnzimmer, bat ihn, Platz zu nehmen und bot ihm eine Zigarre an. Der Pfarrer dankte und entschuldigte sich, dass er unangemeldet eingedrungen sei.

»Sie können sich ja denken, was mich zu Ihnen führt, Herr Domin?«

»Gewiss, Herr Pfarrer – nur fürchte ich, dass Sie den Weg vergeblich gemacht haben. Aber bitte, nehmen Sie es nicht persönlich! Nichts liegt mir ferner, als diese Feindseligkeiten auch noch auf Ihre Person auszudehnen!«

»Ich möchte nur versuchen, mit Ihnen zu verhandeln, um einen Kompromiss zu finden. Es gibt genug vernünftige Menschen im Dorf, Herr Domin, die Ihre Rechte am Frauenberg anerkennen, und als deren Wortführer bin ich da.«

»Was haben Sie mir zu sagen?«

»Wir müssen einen Weg finden, der ebenso Ihren Ansprüchen auf den Frauenberg als auch den religiösen Gefühlen der vielen gläubigen Menschen gerecht wird. Die Geschichte der Frauenbergkapelle kennen Sie ja wohl? Sie ist noch eine Hinterlassenschaft des einstmaligen Augustinerkonvents. Damals schon stand sie im Ruf der Wundertätigkeit und niemand wagte, an die Kapelle Hand anzulegen. Sie sehen ja selbst, das Kloster ist verschwunden, kein Stein erinnert mehr daran, aber die Kapelle steht noch, sie ist unversehrt. Viele Generationen sorgten für ihre Erhaltung, schmückten sie aus, glaubten an ihre Wunderkraft und erhoben sie zu einem Wallfahrtsort, der weit über unsere Gegend hinaus bekannt ist. Wir haben in wenigen Tagen Maria Himmelfahrt, den hohen Frauentag, wie ihn die Leute hier nennen. Es werden Hunderte von auswärtigen Pilgern kommen, um an der Prozession teilzunehmen.«

Dietrich Domin sagte nichts. Er stand auf und fing an zu wandern. Seine Stirn war gefurcht.

»Man hat mich von der Dorf- und Pfarrgemeinde beauftragt, mit Ihnen wegen einer etwaigen Grundabtretung Ihrerseits zu verhandeln«, fuhr der Pfarrer vorsichtig fort. »Es würde sich nur um den Kapellenplatz und um einen Zugangsweg handeln.«

Domin drehte sich rasch nach ihm um.

»Dazu ist es jetzt zu spät. Ich kann und darf nicht mehr nachgeben, ohne mein Ansehen und meinen Rechtsstandpunkt aufs Spiel zu setzen, ich darf sogar sagen, ohne mich vor mir selbst zu schämen. Man hat auf mich geschossen, Herr Pfarrer!«

Pfarrer Kolb erschrak. »Wie? Das ist doch wohl nicht möglich?«

Domin ging zum Kleiderhaken und holte seinen Hut. »Hier! Zwei Zentimeter tiefer und wir stünden heute nicht mehr hier beisammen. So sieht es mit Ihren so genannten frommen Leuten aus!«

»Wer soll das getan haben?«

»Solange ich keinen Beweis habe, will ich meinen Verdacht nicht aussprechen. Sagen wir vorläufig, das Dorf hat es getan. Und nun werden Sie verstehen, dass ich in dieser Sache keinen Kompromiss schließen kann. Mit solch hinterhältigen Anschlägen lässt sich ein Dietrich Domin nicht zum Nachgeben zwingen! Er lässt sich auch nicht einschüchtern. Das können Sie Ihren Auftraggebern sagen!«

»Ich möchte Ihnen nicht zu nahe treten, Herr Domin, aber es ist als Pfarrer des Dorfes meine Pflicht, jedem mit Rat und Tat beizustehen, der durch irgendwelche Einwirkungen von außen oder innen in seelische Not geraten ist!«

»In seelische Not?«

»Ja, Sie befinden sich in seelischer Not, Herr Domin!« Der Pfarrer stand auf und ging ein paar Schritte auf ihn zu. »Bitte, ich bin weit davon entfernt, Ihnen einen Vorwurf machen zu wollen, dass man Sie nie in unserer Kirche sieht. Deshalb sind Sie in meinen Augen noch lange kein gottloser Mensch und es tut mir aufrichtig Leid, wenn Ihnen dafür vom Dorf her so viel Hass entgegenschlägt! Sie sagen, dass man auf Sie geschossen hat. Diese Tat verurteile ich ebenso wie Sie. Aber, Herr Domin, es gibt auch eine Verstocktheit, die eine größere Sünde ist als ein gelegentlicher Zweifel am Glauben. Ich kann und will Sie nicht dazu überreden, aber ich möchte Sie gerne einladen, einmal zu uns in die Kirche zu kommen. Denn ohne Gott und ohne Gebet gibt es keinen Frieden und kein wahres Glück auf Erden! Ich verstehe sogar Ihren entschlossenen Standpunkt, wenigstens versuche ich, ihn zu verstehen. Was mir aber nicht in den Kopf will, ist Ihre Absage für die Prozession zur Frauenbergkapelle, wo Sie doch keinerlei Schaden befürchten müssten. Aber Sie machen den Leuten die größte Freude, wenn das Fest in hergebrachter Weise gefeiert werden kann!«

»Es ist sinnlos, darüber zu verhandeln, Herr Pfarrer, denn es ist jedes Wort verloren: Ich bleibe bei meiner Ablehnung«, entgegnete Domin und wandte sich mit gefurchter Stirn ab.

»Dann entschuldigen Sie die Störung! Unter diesen Umständen wird die Prozession statt auf dem Frauenberg eben durch das Dorf gehen. Ich bin kein Freund von Gewalt und füge mich. Ihnen aber wünsche ich, dass in Ihrer Seele wieder Frieden werden möge. Das wird freilich erst dann geschehen, wenn Sie selbst den Willen dazu haben. Und nun – guten Tag!«

»Guten Tag!«

Domin begleitete den Pfarrer noch vor die Tür, aber es fiel kein Wort mehr.

15

Der hohe Frauentag brach an. Ein wolkenloser, strahlender Morgenhimmel wölbte sich über der taufrischen Landschaft. Von Osten her wehte der frische Gutwetterwind, von den Bäumen, an denen die Frühäpfel reiften, tropfte der Tau. Vom Turm der Dorfkirche kam das festliche Geläute der Glocken, auf dem grünen Hügel vor dem Dorf krachten die Böller. Bei jedem Schuss stieg ein dünnes Rauchwölkchen gegen den sonnigen Himmel. Die Bauern von den Einöden kamen mit ihrem Gesinde auf den schmalen Straßen herunter ins Tal. Sie trugen ihre Festtagskleidung und waren auf dem Weg zur Kirche.

Auch Steppacher, der Kapellenwirt, befand sich mit seiner Frau und seiner Tochter auf dem Weg ins Dorf. Als sie an der stillen, verlassenen Kapelle vorbeikamen, zog er den Hut. Für den Kapellenwirt bedeutete dies eine tiefe Demütigung. Sonst kamen an den hohen Frauenfesten die Menschen immer zu ihm herauf, und wenn die Prozession sichtbar wurde, zog er am Glockenstrang und läutete zur Begrüßung. Danach ging er mit dem Pfarrer an den kleinen Altar und diente ihm während der Messfeier als Sakristan. Bis zum Schluss hatte er gehofft, dass es doch vielleicht auch heute wieder so sein könnte, auch gegen den Willen dieses gottlosen Mitterhofers. Er hatte sogar dafür gestimmt, dass die Prozession ohne Genehmigung durch den Mitterhofer stattfinden sollte, auch wenn man hätte Gewalt anwenden müssen.

Aber der Pfarrer wollte das nicht. Und so hatte auch Steppacher nachgegeben und sich ohne Widerrede mit seinen Leuten auf den Weg gemacht. Sie schlugen die Richtung zum Grandlhaus ein, fanden die Christl und den Max noch daheim und nahmen die beiden mit auf ihrem Weg ins Dorf. Während Johanna und Christl mit der Mutter in der Mitte vorangingen, stapften der Kapellenwirt und Max hinterdrein. Wenn die Böller krachten, schauten sie hinüber zum Dorfhügel auf die dünnen Rauchwölkchen, die in der Luft zerstoben.

»An der Hohen Grüft wandern die Gämsen ab«, sagte Max.

»Ja, der Marterl-Muk behauptet das«, entgegnete Steppacher.

»Es stimmt schon, ich war selbst droben«, fuhr Max fort. »Man sieht dort kein Wild mehr, es ist alles wie ausgestorben.«

»Was das wohl zu bedeuten hat?«, fragte die Christl.

»Gott möge es verhüten, dass wieder ein Steinschlag niedergeht!«, sagte die Kapellenwirtin. »Der

Muk führt so seltsame Reden. Man könnte sich fürchten!«

»Der Muk spinnt!«, meinte Max. »Aber wenn er doch Recht hat, dann soll es wenigstens die treffen, die es verdienen! Um manche Leute wäre es nicht schade!«

»Max!«, schalt ihn die Christl. »Ich mag diese unchristlichen Reden nicht!«

Der Kapellenwirt ließ nur ein brummiges Lachen hören.

Das Kirchenschiff der Dorfkirche hatte nicht ausgereicht, um die vielen Menschen zu fassen, die zum Festgottesdienst gekommen waren. Nicht nur alle Einheimischen, sondern auch fast ebenso viele auswärtige Gäste, die zum Teil von weither gekommen waren, wollten an der großen Prozession zum Frauenberg teilnehmen. Sie konnten ja nicht wissen, dass der Bittgang zur Kapelle in diesem Jahr nicht stattfinden konnte. Für diese Pilger war es dann freilich eine besondere Enttäuschung, aber daran war nichts zu ändern.

Vor dem Portal der Kirche war ein Feldaltar errichtet worden, vor dem der Pfarrer einen feierlichen Gottesdienst zelebrierte. Daneben, auf einem Podium, sang der Kirchenchor eine Festmesse und der große Kirchplatz war voll von Menschen. In dieser Menge jemanden zu finden, wäre unmöglich gewesen. Außer dem Kapellenwirt, der machte da eine Ausnahme, denn er war sehr groß und überragte die anderen Männer fast um Kopfeslänge. Er wurde also von allen gesehen.

Vor Beginn der Feldmesse bestieg der Pfarrer eine neben dem Altar errichtete Kanzel und hielt die Predigt. Aber man wartete vergeblich auf eine Stellungnahme dazu, dass auf die Feier droben in der Bergkapelle verzichtet werden musste. Er erwähnte mit keinem Wort die Böswilligkeiten, mit denen der neue Herr vom Mitterhof seine Rechte geltend zu machen suchte, sondern hielt eine zu Herzen gehende Marienpredigt. Nur zum Schluss sprach er die Hoffnung aus, dass Gott es fügen möge, dass der wundertätigen Kapelle auf dem Frauenberg bald wieder die Verehrung gezollt werden könne, die ihr zukomme.

Gewiss, es war eine schöne Predigt, die Pfarrer Kolb gehalten hatte, aber nicht alle waren damit zufrieden, am wenigsten der Kapellenwirt. Für ihn hatte sich der Pfarrer die beste Gelegenheit entgehen lassen, mit dem gottlosen Mitterhofer abzurechnen, und er wusste, dass diese Worte in vielen Herzen ihr Echo gefunden hätten.

Als dann der Pfarrer an den Altar getreten war und mit dem ersten Gebet begann und während im Wechsel dazu der Kirchenchor vom Orchester begleitet den Eingang zur Messe sang, stand plötzlich der Moritz von der Wildalm neben dem Kapellenwirt. Der bemerkte ihn nicht, bis er dann eine raunende Stimme neben sich vernahm.

»Du?«, sagte er mit leichtem Spott. »Seit wann kommst denn du zur Messe?«

»Dein Sohn ist auch da, Kapellenwirt!«

Steppacher spürte auf einmal sein Herz heftig schlagen. Er rührte sich nicht, blickte starr zum Altar, an dem der Priester sich eben zum Volk umwandte. »Wo ist er?«, fragte er schließlich.

»Dort drüben.«

Steppacher nickte. »Sag ihm, dass ich hier auf diesem Platz auf ihn warte.«

Moritz verschwand.

So stand Steppacher die ganze Zeit über da und wartete auf seinen Sohn. Dieser kam gegen Ende des Gottesdienstes, als sich die Menschenmenge in Bewegung setzte.

»Vater!«

Thomas tastete nach seiner Hand.

»Die Mutter ist auch da, weißt schon, sie soll nicht so erschrecken, auch nicht in der Freude –«

»Ich hab mit der Mutter bereits gesprochen.«

»Das ist gut.«

»Ich möchte ...«

»Pst! – Es ist vorbei!«

Der Gottesdienst war zu Ende und die Menschen stellten sich nun in Gruppen auf, wie sie nacheinander in der Prozession gehen sollten. Allen voran die Kinder, dann die Burschen, hierauf folgten die Männer, denen sich die Mädchen und Frauen anschlossen.

»Komm!«, sagte Steppacher.

Vater und Sohn gingen nebeneinander in der Prozession, die jetzt durch die Straßen zog, zu Ehren der Heiligen Jungfrau, deren Kapelle auf dem Frauenberg heute verschlossen blieb.

Noch einmal ertönte vom Turm das festliche Geläute, als die Prozession zur Kirche zurückkehrte und der Pfarrer den Segen spendete. Dann löste sich die Menschenmenge langsam auf.

Draußen an einer kleinen Straßenkreuzung, wo ein schmaler Steg über den Bach führte, stand der Moritz von der Wildalm und blickte auf das Dorf. Drüben, nahe an den letzten Ausläufern des Bergwaldes, lag das einsame kleine Haus des alten Schreiners, zu dem ein schmaler Pfad durch filziges Grasland hinüberführte.

Die Glocken der Kirche waren verstummt, die Sonne näherte sich dem Mittag und brannte heiß in die windgeschützte Niederung. Zu den einzelnen Berghöfen hinauf bewegten sich langsam dunkle Gestalten, die Einödbauern, die jetzt von ihrem Kirchgang heimkehrten. Und dann kamen zwei Frauengestalten auf dem einsamen Weg heran: Die Talmüllerin und ihre Tochter Bärbel. Auf sie hatte der Moritz gewartet. Er trug heute bessere Kleidung, in der er fast nicht wiederzuerkennen war. Sogar den Hut hatte er heut zurechtgebogen.

Die beiden Frauen kamen näher. Er merkte, dass sie ihm verwundert entgegenschauten. Er nahm den

Hut vom Kopf und fuhr mit gespreizten Fingern durch sein filziges Haar. Nichts in der Welt konnte den Moritz bange machen, aber jetzt klopfte sein Herz schneller, und beinahe schüchtern begrüßte er die beiden Frauen.

»Was willst du?«, fragte die Talmüllerin nicht gerade freundlich mit einem strengen Seitenblick auf ihre Tochter, die verlegen ihr Köpfchen einzog.

»Ich hab auf euch gewartet«, antwortete der junge Einödler.

»Wozu?«

»Ich hätte dir etwas zu sagen, Talmüllerin – wegen der Bärbel.«

»Aha! Und du meinst, das lässt sich auf dem Weg abmachen? Nun – ja, das wird gleich gesagt sein!« Sie wandte sich an ihre Tochter: »Geh du voraus! Ich hab dem Schreiner vor dem Kirchgang das Bienengift aufgelegt, er wird sowieso schon warten, bis jemand kommt und ihm den Wickel abnimmt. Das kannst du machen. Geh!«

Die Bärbel zögerte, aber sie fing von der Mutter einen Blick auf, der keinen Widerspruch duldete. So ging sie, nicht ohne den Moritz noch einmal flehentlich anzuschauen.

»Warum hast du sie weggeschickt?«, fragte Moritz, als die Bärbel außer Hörweite war.

»Weil sie nicht zu hören braucht, was ich dir zu sagen habe.«

»Du bist also immer noch dagegen?«

»Ja, und ich werde immer dagegen sein. Ich lass meine Tochter nicht in eine Einöde heiraten und in die Wildalm schon gar nicht!«

»Wir haben unser Auskommen, Talmüllerin! In unserem Stall stehen ausgezeichnete Melkkühe, um die mich die Bauern im Dorf beneiden, und wenn einmal eine junge Frau da ist, kann ich in Taglohn gehen, dann kann das Haus hergerichtet werden ...«

»In Taglohn gehen? Du?«, höhnte die Talmüllerin. »Ja, deine Frau wird einmal in den Taglohn gehen müssen, weil du herumstreunst!«

»Das hat aufgehört, Talmüllerin, seitdem ich eingesehen hab, dass es keinen Sinn hat, nach dem Mörder meines Vaters zu suchen.«

»Der Mörder deines Vaters? Dass ich nicht lache! Dein Vater wurde beim Wildern erschossen!«

»Nein!«, rief er jetzt zornig. »Wo ist er dann, der feige Hund von einem Jäger? Warum hat er sich nicht gemeldet und seine Notwehr geltend gemacht? Nein, nein, das kann so nicht gewesen sein. Aber sei's drum, bis heut konnte man über mich sagen, was man wollte, es war mir egal. Aber das ist jetzt vorbei. Man soll sehen, dass ich zum Dorf dazugehöre und es keinen Grund gibt, warum ich das nicht sollte.«

»Meinst, weil du heute einmal zur Kirche gegangen bist? Nein, nein, damit kannst du mich nicht täuschen! Was als Unkraut aufgegangen ist, bleibt ein

Unkraut. Ich kann es nicht verantworten, dir die Bärbel zu geben. Such dir eine, die zu dir passt. Und damit, meine ich, haben wir genug geredet. Lass die Bärbel in Ruhe, und mich auch!«

Dann rauschte sie wütend davon.

Nach dieser resoluten Zurechtweisung durch die Talmüllerin ging der Moritz von der Wildalm dem Bergwald zu. Er sandte ihr noch ein paar grimmige Blicke nach, bis sie drüben in dem Haus des alten Schreiners verschwand.

»Wäre ich der, für den du mich hältst, dann möcht ich sehen, ob du mir die Bärbel verweigern könntest, du alte Krähe!«, knurrte er. »Denn dann würde ich sie dir vor deinen Augen aus dem Haus wegholen!«

Er war aber doch recht entmutigt, als er in der Stille des Waldes ging. Die Liebe zu der Bärbel stand im Mittelpunkt seines ganzen Denkens und Fühlens. Er wusste, dass die Bärbel diese Liebe erwiderte. Was konnte er dafür, dass er in dieses Schicksal hineingeboren wurde? Was hatte er verbrochen, dass man ihn für einen Lumpen hielt? Hatte sich je einmal jemand darum gekümmert, wie er droben in der Wildalm mit seiner Großmutter lebte? Allein die Bärbel wusste es und sie hatte immer an ihn geglaubt. Vielleicht liebte er sie deshalb?

»Nur keine Gewalt!«, sagte er sich. Die Talmüllerin sollte selbst erkennen, welch falsches Urteil sie sich über ihn gebildet hatte. Er musste mit der Christl vom Grandlhaus reden. Sie hatte ihm sogar den Thomas anvertraut, als er seinem Vater davongelaufen war, und er hatte sie nicht enttäuscht. Heute war Thomas sogar wieder mit seinem Vater zusammengekommen und das mit seiner Hilfe. Eine stolze Freude hatte sein Herz höher schlagen lassen, und von dieser Freude angeregt war er auch so mutig gewesen, die Talmüllerin um ihre Einwilligung zu bitten. Er hatte geglaubt, die ganze Menschheit befände sich in dieser wunderlichen, feierlichen Stimmung, in der man alles erhofft und alles verzeiht.

16

Am Grandlhaus waren Tür und Fenster noch verschlossen. Vielleicht waren die Geschwister mit den Leuten vom Kapellenwirt beim Dorfwirt eingekehrt? Eine Weile saß der Moritz auf der kleinen Hausbank und schaute gedankenverloren in den sonnigen Tag. Aber er wartete vergeblich, das Geschwisterpaar kam nicht. Jetzt wusste er es gewiss, dass sie mit Steppachers beim Dorfwirt saßen. Sie hatten ja alle etwas zu feiern.

Moritz ging weiter. Als er auf dem Weg ging, der in der Nähe der Frauenbergkapelle vorbeiführte, brach auf einmal der Marterl-Muk durch das Gestrüpp.

»Wo kommst denn du her, Muk?«, rief er ihm mit verhaltener Stimme zu.

Der Alte kam näher. Sein Gesicht war erhitzt und erregt. Mit dem Daumen deutete er hinter sich.

»Von der Kapelle. Ich hab bloß vor der verschlossenen Tür eine Kerze angezündet. Weißt schon, zu Ehren der heiligen Madonna. Sie hat doch heut ihren großen Tag, aber kein Mensch war da, nicht einmal der Steppacher.«

»Und wenn der Mitterhofer dich dabei entdeckt hätte, wärst du ihm wieder unter die Fäuste gekommen, Muk!«

»Das macht nichts: Wohl ihnen, wenn die Menschen auch um meinetwillen schmähen und toben ...«

Sie gingen auf einem Höhenweg, der zur Wildalm hinaufführte.

Der Alte blieb stehen und deutete hinüber zur Hohen Grüft. »Da ist alles tot da drüben, kein Tier findest du mehr.«

»Ich weiß, Muk.«

»Es liegt etwas in der Luft, aber man lacht über mich. Der spinnerte Marterl-Muk phantasiert! Es wird immer so sein, Bub: Es entstehen und zerbrechen Berge. Die Natur baut auf und zerschlägt ihr Werk wieder. Ein kleiner Stein kommt ins Rollen, er reißt weitere mit – und auf einmal ist der ganze Berg in Bewegung, Felsen stürzen, das Geröll schwimmt bergab, zerstiebt, dass die Sonne erlischt. Wo ein Haus stand und Menschen wohnten, findet man nichts mehr von ihnen, sie liegen im tiefen Steingrab. Aber über der Kapelle wird wieder die Sonne scheinen.«

Man kannte ja die Prophezeiungen des Marterl-Muk zur Genüge. Die alte Monika stand unter der Tür, als sie an der Hütte ankamen. Die Kühe weideten auf dem Anger. Der Muk durfte am Essen teilnehmen, und als er über Müdigkeit klagte, richtete die Monika sogar ein Lager für ihn, damit er diese Nacht bei ihnen schlafen konnte.

Bis die Sonne unterging und die Berge ihre Spitzen in die letzte rote Lichterflut am Himmel tauchten, war Moritz bei der Arbeit im Stall, dann saß er mit dem Muk vor dem Haus und die alte Monika stand am Herd und kochte die Milchsuppe, die sie dann gemeinsam aus einer Schüssel löffelten.

Das Nachtlager für den Muk war in der kleinen Rumpelkammer vorbereitet und Moritz brachte ihn selbst dorthin. Als er dem Alten eine gute Nacht wünschte und gehen wollte, streckte der seine Hand aus und hielt ihn zurück. Sie setzten sich auf den Strohsack.

»Manchmal denk ich, der Herrgott hat mich vergessen oder der Tod kann mich nicht finden, weil ich bald in diesem, bald in jenem Hause schlafe, sogar bei euch heroben«, begann der Muk und lächelte. »Aber das sage ich nur so, freilich findet der Tod mich, er hat bloß noch keinen Auftrag, mich abzuberufen. Ich muss halt warten. Ich glaube aber manchmal, dass ich noch etwas nachzuholen hab, wozu ich früher zu feig war und jetzt kaum die Kraft habe. Du hast viel ertragen müssen, Moritz, und deine alte Großmutter auch, weil man deinem Vater nachsagte, dass er gewildert habe. Da sind die Menschen schnell bei der Hand, mit Steinen nach einem zu werfen. Sie sollten den Wurf besser gegen sich selbst richten. Ich weiß, du möchtest die Talmüller-Bärbel heiraten und die Bärbel tät dir gern folgen, aber die Talmüllerin ist dagegen, weil sie nichts Besseres von dir weiß, als was sie immer über dich gehört hat. Sie hat früh ihren Mann verloren und musste sich und die Bärbel mit harter Arbeit durchbringen. Drum verzeih ihr, dass sie so hart ist. Aber glaub mir, du kannst damit rechnen, dass sie ihre Meinung ändert, wie es schon andere getan haben, die dich kennen gelernt haben, wie die zwei vom Grandlhaus und der Kapellenwirt mit seinen Leuten. Ich freilich, ich kenn dich schon lange und ich hab auch deinen Vater gekannt, sonst könnte ich nicht immer und immer wieder den Leuten sagen, dass er nicht gewildert hat. Weißt schon, dem Marterl-Muk glaubt man's nicht. Er spinnt!«

Er setzte eine Weile aus und verschnaufte.

Moritz schaute schweigend zu Boden.

»Ich weiß mehr, als die Leute denken und als auch du meinst. Ich weiß, wer die Plakette am Hut vom Mitterhofer zerschossen hat ...«

Moritz packte den Alten am Arm. »Du?«

»Brauchst nichts zu fürchten, es hat sich keiner mehr gefreut als ich. Bloß war es allzu verwegen, weil du um einen Zentimeter zum Mörder geworden wärst!«

»Wenn ich nicht gewusst hätte, dass ich ihn nur erschrecke, hätte ich nicht geschossen. Ich bin kein Meuchelmörder, Muk. Die Johanna hat Hilfe gebraucht, ich stand ganz in der Nähe, der Max vom Grandlhaus war dabei und weiter hinten stand der Thomas. Sie wollten mir den Stutzen aus der Hand nehmen – aber es war schon besser so: Der Kerl brauchte einen Denkzettel!«

»He, he!«, lachte der Alte.

»Wolltest du mir das sagen?«

Der Muk schüttelte den Kopf. »Ich wollte dich nur davon überzeugen, dass ich alles weiß. Ich hab dich oft droben am Wegkreuz gesehen, wenn du dich mit der Bärbel getroffen hast. Du magst sie wohl recht gern?«

»Ja, Muk. Für sie gäbe ich mein Leben her!«

»Wenn jetzt aber mit der Bärbel etwas wäre – ich meine, weißt schon, etwas, wegen dem du einen Schrecken bekämst?«

Moritz schaute ihn an. »Einen Schrecken? Wieso? Meinst du, dass sie an einer versteckten Krankheit leidet? Dann braucht sie mich erst recht! Oder dass sie eine Liebschaft unterhält, von der ich nichts weiß? Wenn ich dir auch alles glaube, Muk, das nehme ich dir nicht ab! Oder willst du wissen, dass sie gestohlen, betrogen, einen Meineid geschworen oder sonst was getan hat? Dann nehme ich sie trotzdem, denn sie hat unschuldig gestohlen, betrogen oder falsch geschworen! Sie kann getan haben, was sie will, ich erschrecke nicht, ich liebe sie. Weißt du, was das heißt?«

Der Alte schüttelte den Kopf. »Sie selbst hat nichts getan, sie weiß nicht einmal davon, aber wie die Welt ist, eines Tages kann sie es erfahren und du auch …«

»Hat die Talmüllerin irgendetwas verbrochen, wo sie doch ihr Maul gegen mich so voll nimmt?«

Der Alte verneinte.

»Also Bärbels Vater?«

»Ihr Vater ist tot. Vielleicht hättest du heut schon seine Tochter, wenn er noch lebte. Du liebst sie und drum sollst du sie haben. Der Muk hat es dir gesagt. Und jetzt geh! Ich bin richtig müd! Vergelt's Gott fürs Bett – und gute Nacht!«

Moritz verließ den Alten. Er ging noch hinaus vor die Tür. Der Himmel war mit Sternen übersät, die Luft war kühl und auf der Erde lag der Tau, er schimmerte im Gras und an den Bäumen. Langsam stieg Moritz zur umzäunten Weide hinauf, um nach seinen Kühen zu schauen, die über Nacht draußen blieben. Friedlich bimmelten die hellen Glöckchen. Die seltsame Rede des alten Muk wollte ihm nicht mehr aus dem Kopf gehen, sie regte ihn auf, er spürte das Brennen in seinen Augen und auf der Stirn. Angenehm empfand er die Luft, die ihm kühl entgegenblies.

Der Muk wollte jetzt schlafen, aber gleich morgen früh musste er ihn fragen, was mit der Bärbel sei, vorher kam er ihm nicht mehr aus dem Haus. Gewiss, der Muk wusste etwas und es musste etwas Furchtbares sein. Vielleicht war der Großmutter etwas davon bekannt? Er wollte auf der Stelle mit ihr reden wegen der Bärbel und hören, was sie zu diesem Mädchen sagte, das er als seine Frau zur Wildalm heraufholen wollte. Als er aber die Stube betrat, lag sie bereits im Dunkeln. Die Großmutter war ins Bett gegangen.

Da suchte auch er seine Schlafkammer auf, lag aber noch Stunde um Stunde wach und hörte das feine Geläut von der Almwiese. Ein kleiner Ausschnitt des Sternenhimmels blickte zum Fenster herein. Erst gegen Morgen schlief er dann endlich ein, aber so fest, dass, als er aufwachte, die Sonne schon hoch am Himmel stand. Er sprang aus dem Bett und schlüpfte in seine Hose. Aus dem Stall hörte er das Klirren des Melkkübels. Die Kühe waren schon dort und die Großmutter war bei der Arbeit.

»Ich hab verschlafen!«, sagte er.

»Macht nichts«, entgegnete die Alte zwischen den Kühen hervor, wo sie saß und molk.

»Ich komm gleich, Großmutter – ich will nur den Muk noch etwas fragen, wenn er schon wach ist.«

»Der Muk ist schon weggegangen.«

»Der hat's aber eilig gehabt.«

»Du kennst ihn ja.«

Da ging auch Moritz an seine Arbeit.

17

Wenn die Talmüllerin nach einem hohen Festtag beim Kirchenputzen war, damit alle Gänge und Stühle von den vielen Menschen wieder sauber und blankgescheuert waren, hatte sie oft bis zum späten Abend damit Arbeit. Gewöhnlich musste die Bärbel ihr dabei helfen, indem sie ihr das Wasser brachte und den Staub von den Schnitzereien des Gestühls wischte. Das Kirchenputzen und Schulreinigen waren der Haupterwerb der Witwe, den sie auf keinen Fall vernachlässigen durfte. Zurzeit aber lag der alte Schreiner mit starken Kreuz- und Gliederschmerzen im Bett, so dass er einer ständigen Pflege bedurfte. Auch das musste getan werden, denn dafür durften sie umsonst beim Schreiner wohnen. Außerdem konnten sie sogar damit rechnen, dass er den beiden Frauen bei seinem Ableben sein Häuschen vermachen würde, denn er war ein alter Junggeselle, der sonst keine Verwandten hatte, die sich um ihn gekümmert hätten.

Also ließ die Talmüllerin die Bärbel heute zu Hause, damit sie den kranken Alten pflege, und ging allein zum Kirchenputzen. Sie musste eben schauen, wie sie damit fertig wurde.

Es war schon dunkel geworden, als sie von ihrer Arbeit heimkam. In ihrem Stübchen und auch in der Kammer des Schreiners brannte bereits das Licht. Sie wunderte sich darüber, denn wenn die Bärbel drüben beim Alten zu tun hatte, dann brauchte sie doch in der Stube kein Licht. Und falls der Alte schlief, konnte er doch auch im Dunkeln liegen. Aber als sie die Stube betrat, war die Bärbel gar nicht da und auf der Bank unter dem Fenster saß der Marterl-Muk.

»Du bist da?«, fragte sie überrascht. »Hast du auf mich gewartet? Was gibt's, Muk?«

»Leg nur zuerst dein Zeug ab, Talmüllerin, und richt dein Essen, ich hab Zeit.«

»Ist die Bärbel drüben beim Schreiner?«

»Ja, er jammert heut schwer.«

»Ich will gleich nach ihm schauen. Heut war Kirchenputzen nach dem hohen Frauentag, weißt schon. Es wird viel Dreck hineingetragen in die Kirche bei so vielen Leuten. Da hat es der Kapellenwirt schöner. In der Kapelle staubt keiner mehr seine Schuhe ab!«, plauderte sie, während sie ihre Hände frei machte und nach dem Essen schaute.

»Der Kapellenwirt möcht gern die Arbeit machen, Talmüllerin! Es ist traurig genug!«

»Ich weiß, Muk, und ich ärgere mich ja selber über den gottlosen Mitterhofer, der mir den Holzkarren über die Böschung hinabgestoßen hat, als wären wir dahergelaufenes Pack. Ich hab nur dummes Zeug dahergeredet. Nichts für ungut, Muk.«

Die Bärbel schaute zur Tür herein. »Bist du da, Mutter?«

»Wie hat er es denn drüben?«

»Arge Schmerzen hat er und atmet ganz schwer.«

»Bist nicht zum Doktor gegangen?«

»Er will keinen Doktor und sagt, dass er auch ohne Doktor sterben könnt!«

»Da fragt man ihn nicht lang, dummes Ding! Da, setz dich her und iss etwas!«

Sie wollte nun selbst nach dem Schreiner schauen. »Bin gleich wieder da, Muk.«

Bärbel setzte sich an den Tisch und begann zu essen. »Möchtest du nicht mitessen, Muk?«

»Nein, vergelt's Gott, aber ich hab heut beim Anwander gegessen und schlafe auch dort. Lass es dir schmecken, Bärbel!«

»Die letzte Nacht hab ich droben auf der Wildalm geschlafen«, sagte er.

»So?«

»Warst du schon einmal dort?«

»Nein, bloß aus der Ferne hab ich das Haus gesehen.«

»Es schaut halt alt aus und man müsste es herrichten. Prächtige Kühe sind da, die in der Melkzeit genug Milch geben, um einen Großteil des Unterhalts abzudecken. Kannst ihn wohl recht gut leiden, den Moritz?«

Die Bärbel errötete und blieb ihm die Antwort schuldig.

»Die alte Monika ist auch eine gute Frau, bloß rau, das bringt das einsame und harte Leben dort droben mit sich. Aber dieses Leben hat auch sein Schönes: Man hat bloß den Herrgott zu seinem Nachbarn. Wenn dann ein paar Menschen sich gern haben – brauchst dich nicht schämen, Bärbel, aber ich meine damit schon dich und den Moritz.«

»Die Mutter will es nicht haben, Muk. Sie sagt, der Moritz ist ein Lump!«

»Es gibt weit größere Lumpen in unserem Dorf, von denen man's nicht sagt. Daran darfst du dich nicht stoßen, Bärbel!«

»Ich tu's auch nicht, aber die Mutter stößt sich dran.«

»Das ist recht dumm von ihr, sie kennt ihn eben nicht, den Moritz. Sie soll einmal die beiden vom Grandlhaus oder den Kapellenwirt fragen, was die von ihm halten.«

»Der Kapellenwirt auch?«

»Ja, den auch! Durch den Moritz hat er seinen Sohn wieder zurückgekriegt. Da soll noch einer sagen, der Moritz sei ein Lump!«

Man sah dem Mädchen an, wie sehr es sich über diese Rede freute.

»Früher hat man uns in der Schule erzählt, dass der König einmal das Gefängnis aufgesucht habe, um die einzelnen Häftlinge zu fragen, warum sie eingesperrt wurden, was sie also angestellt hätten. Alle, wie sie nach der Reihe drankamen, beteuerten ihre Unschuld und behaupteten, sie wüssten selbst nicht, warum sie im Gefängnis säßen. Nur einer gestand, dass er ein Lump gewesen sei und in großer Not einem Metzger die Kasse ausgeraubt habe, sei aber dabei erwischt worden. ›Dann bist du also ein Dieb?‹, hat der König den Burschen angefahren. ›Was tust du dann hier unter den unschuldigen Leuten? Pack deine Sachen und hau ab!‹«

Die Bärbel musste herzhaft lachen. Sie hatte nicht gewusst, dass der alte Marterl-Muk auch so fröhliche Geschichten erzählen konnte.

»Siehst du, so ähnlich ist es beim Moritz. Man weiß, dass er mit dem Stutzen jedes Blatt vom Baum schießt, und schon ist er ein Wildschütz. So war es auch mit seinem Vater. Sie wohnen hoch droben am Berg, ganz allein, ringsum von Wäldern umgeben, und schon glaubt man an Lumpereien, die sie treiben. Zuerst glaubt man's nur – aber auf einmal weiß man's genau. Und niemand tritt diesen Lügen entgegen.«

»Ja, Muk, so ist's!«

Da kam die Talmüllerin zurück.

»Ich hab ihm nochmals das Bienengift aufgelegt und hoffe, dass die Schmerzen nachlassen werden«, sagte sie. »Setz dich noch ein wenig hinüber zu ihm, Bärbel, bis er eingeschlafen ist! Wenn er noch etwas zu essen oder trinken will, dann sag's! Ich stell jetzt den Tee auf.«

Die Bärbel ging. Die Talmüllerin entfachte ein Feuer im Herd und setzte den Kessel auf.

»Was hast du mir zu sagen, Muk?«, fragte sie dazwischen.

»Keine Kleinigkeit, Talmüllerin, das müssen wir in Ruhe miteinander besprechen. Es ist mir ganz recht, dass wir gerade allein sind.«

Die Frau wurde neugierig, beendete hastig ihre Arbeit und setzte sich dann neben ihn auf die Bank. »Jetzt sprich!«

Der Muk hustete sich zuerst seine Stimme frei. »Es ist wegen deiner Bärbel«, sagte er dann.

»Was ist mir ihr?«

»Sie hat doch den Moritz von der Wildalm gern und möcht ihn heiraten – und er mag sie auch und hat keine ruhige Stunde mehr ...«

Sie verzog verärgert das Gesicht. »So? Geht vielleicht schon ein Gerede?«

»Nichts geht! Wer weiß schon davon? Aber ich wollt dir zureden, dass du die beiden heiraten lässt.«

»Wem willst du denn da den Fürsprecher machen? Meiner Bärbel? Oder dem da droben?«

»Beiden.«

»Du redest umsonst, Muk! Ich müsst eine schlechte Mutter sein, wenn ich das zuließe. Man weiß ja, welch ein Lump der Moritz ist.«

»Er war doch noch nicht eingesperrt, Talmüllerin!«

»Das ist es ja gerade: Je größer der Gauner, desto schwerer lässt er sich fangen. Er kann nicht einmal dafür, weil schon sein Vater allerlei getrieben hat da droben, es liegt ihm also im Blut. Was würde mein verstorbener Mann dazu sagen, wenn ich das zuließe! Wir sind arme, aber ehrliche Leute, Muk, und wenn die Bärbel es auch jetzt nicht einsieht, später wird sie mir dankbar sein für meine Strenge – wenn er dann im Loch sitzt, denn früher oder später fangen sie ihn doch einmal. Der Mitterhofer ist kein Freund von mir, aber dass man ihm den Hut vom Kopf schießt, das braucht es dennoch nicht. Es kann kein anderer gewesen sein als der Moritz!«

»Wer sagt es?«

»Alle im Dorf raten, das er es war, und freuen sich – weißt schon, man gönnt dem Mitterhofer den Schrecken. Ich hab mich auch gefreut, schon deswegen, weil er mir den Holzkarren über die Böschung geworfen hat, der Lackel, der eingebildete.«

Das Teewasser kochte. Sie holte die Kräuter und brühte sie auf. Dann goss sie den Tee in eine Tasse und trug ihn ins Krankenzimmer.

Aber sie kam gleich wieder zurück. »Also, wenn du deswegen zu mir gekommen bist, dann war es umsonst. Musst ja selber zugeben, dass meine Bärbel zu schade ist für einen Wildschützen und Lumpen!«

»Setz dich her, Talmüllerin! Ich will dir noch eine Geschichte erzählen. Es ist eine traurige Geschichte, aber sie ist wahr. Ich hätt sie dir gern erspart, aber es muss wohl sein.«

Sie schaute ihn unsicher an. Man konnte nie wissen, was dieser unheimliche Alte wieder aus seinen Erinnerungen hervorzerrte. Sie setzte sich wieder zu ihm hin. Er sprach jetzt mit leiser Stimme und schaute auf einen Fleck am Boden.

»Es war damals ein stürmischer Herbsttag und auf den Wegen zerrann der Schnee vom Gestöber, das niedergegangen war, als ich vom Jöchl durch die Waldschneise herunterkam. Die Leute vom Mitterhof schlugen dort Holz. Man hörte das Sägen, das Klopfen der Axt und das Rufen der Stimmen – schließlich das Rauschen und Poltern eines fallenden Baumes. Dann war es auf einmal totenstill. Als ich näher kam, sah ich zwei Männer, die einen Dritten aus dem Geäst hervorzerrten. Ich lief hinzu, sah das Blut, das dem Mann übers Gesicht rann, und die klaffenden Wunden an seinem Kopf. Einer sagte, dass der Baum durch den Sturm auf die falsche Seite gefallen sei. Er hatte den Mann am Kopf getroffen, der zwar nicht tot war, aber besinnungslos. Ich habe mitgeholfen, ihn auf die Erde zu betten. Die beiden anderen Männer liefen weg, um Hilfe zu holen, den Doktor und den Pfarrer, denn es sah schlecht aus für den Verletzten. Auch eine

Tragbahre wollten sie bringen, damit er transportiert werden konnte.

Ich blieb allein bei ihm und konnte nichts tun für ihn. Schließlich fing ich an zu beten und wartete ängstlich, dass jemand käme. Aber es war weit ins Dorf und zum Mitterhof. Es kam lange niemand und ich sah, dass es mit dem Armen zu Ende ging. Aber plötzlich schaute er mich an. ›Muk, hol mir den Pfarrer!‹, stöhnte er. ›Es ist aus mit mir!‹ – Er hatte mich erkannt. Ich sagte ihm, dass schon einer zum Pfarrer unterwegs wäre.

Ich konnte es nicht mehr erwarten, bis jemand kam, und wollte Ausschau halten, aber da hielt er mich an der Joppe fest und riss mich zurück mit einer verzweifelten Kraft. – Muk, ich kann es dem Pfarrer nimmer sagen, das musst du tun: Der … droben von der Wildalm war unschuldig. Der Lump war ich! … Er hat mich erwischt, wie ich die Hirschkuh heruntergeschleift habe, und er schrie: Hab ich dich, du Lump, für den ich verschrien werde? … Er ging mir nach, mein Gesicht war geschwärzt …, ich wollt ihn nicht töten, bloß unschädlich machen, aber ich hab ihn erschossen und warf ihm meine Flinte hin, damit man meinen sollte … Muk, sag das dem Pfarrer, Gott mag mir verzeihen, ich habe es bitter bereut und nehme den Tod als Sühne auf mich. Barmherzigkeit! Brenne eine Kerze für mich in der Kapelle, Muk … bete für mich‹. – Dann war er still. Ich fing jetzt auch an zu frieren, ich wollte nicht daran denken, was ich gehört hatte.

Der Verletzte rang nach Atem, er lag im Sterben, sein blutverschmiertes Gesicht veränderte sich. Ich sah, dass er sein Leben aushauchte, und betete laut. Als Erster erreichte uns der Pfarrer, einer der beiden anderen Holzfäller brachte eine Tragbahre. Hinter ihnen kam auch der alte Mitterhofer heran.

Es war nichts mehr zu machen, der Pfarrer spendete ihm die Letzte Ölung und las die Sterbegebete. Als der Doktor kam, konnte er nur noch den Tod feststellen. Zwei Holzfäller trugen ihn auf der Bahre hinunter ins Dorf, wir folgten. Ich ging an der Seite des Pfarrers und flüsterte ihm zu, wozu ich von dem Toten beauftragt worden war. Es war die Beichte, die er nicht mehr ablegen konnte, worauf der Pfarrer laute lateinische Worte sprach.«

Die Talmüllerin saß mit grauem Gesicht da. Ihre Augen waren starr geradeaus gerichtet.

»Ich habe es die ganze Zeit über wie ein Beichtgeheimnis gehütet und nehme es einst mit in mein Grab, wie es der Pfarrer tut«, fuhr der Marterl-Muk fort. »Ich habe jedes Jahr eine Kerze zur Kapelle getragen und ich hab immer geglaubt, dass der Tote drüben einen gnädigen Richter fand.«

»Ich hab's geahnt, Muk«, brachte sie endlich flüsternd hervor. »Er hat es immer wieder tun müssen, das Wildern, obwohl er mir geschworen hat, keine

Flinte mehr in die Hand zu nehmen. Aber seitdem der Einödler von der Wildalm erschossen aufgefunden worden war, hat er aufgehört – und ich hab geglaubt, der Schrecken hat ihn zur Besinnung gebracht. Es ist furchtbar, Muk, wenn ein Mensch an dieser Leidenschaft zugrunde geht!« Schweigend saßen sie da.

Man hörte eine Tür gehen.

»Pst! Muk, sie soll es nie erfahren!«, sagte sie und stand auf.

Die Bärbel kam und berichtete, dass der Schreiner nun eingeschlafen sei.

Die Talmüllerin nickte so gedankenverloren, dass die Bärbel ahnungsvoll von Gesicht zu Gesicht schaute. Aber der Muk stand jetzt auf. »Ich werde auch gehen.«

»Bleib noch, Muk!«, sagte die Talmüllerin rasch. »Wo schläfst du heut nacht?«

»Beim Anwander drüben.«

»Da bleiben sie lange auf, es eilt noch nicht.« Und an ihre Tochter gewandt: »Du gehst in dein Bett!«

»Schon?«

»Ich hab mit dem Muk noch unter vier Augen zu reden! Geh also!«

Die Bärbel warf dem Muk noch einen erstaunten Blick zu, vermochte aber an seinem Gesicht nichts abzulesen. Da er jedoch lächelte, sagte sie gute Nacht und ging.

»Wir wissen nicht, wie lange wir noch zu leben haben, Talmüllerin«, setzte der Muk das Gespräch fort, als es wieder still geworden war im Haus. »Bei mir wird es nicht mehr lange dauern. Viele werden froh sein, wenn ich gehe, weil sie mir dann kein Essen und kein Bett mehr geben müssen. Was ich dir heut gesagt habe, weiß niemand, und niemand wird es von mir erfahren. Es musste wohl so kommen, dass der Moritz von der Wildalm deine Bärbel liebt und sie ihn. In dieser Liebe sprießt das neue Leben und die Toten finden ihre Ruhe.«

»Aber es darf doch nicht sein, dass die beiden …«

»Warum darf das nicht sein, Talmüllerin?«

»Sein Vater wurde erschossen – und sie ist die Tochter des Mörders.«

»Gerade deshalb darf es sein, es muss sogar sein: Sie wird mit ihrer Liebe zu ihm stehen.«

»Aber wenn er es je einmal erfährt?«

»Dann muss er die Kraft haben, verzeihen zu können.«

»Man muss es ihm sagen, Muk! Ich hätte keine ruhige Stunde mehr im Leben.«

»Gut«, entschloss sich der Muk. »Ich werde es tun, und du wirst sehen, dass er trotzdem kommen wird.«

»Er wird nicht kommen, Muk!«

»Die Heilige Jungfrau vom Frauenberg hat viele Wunder bewirkt. Sie ist noch immer da, mitten unter uns, wenn wir auch nicht zu ihr gehen können.«

Er stand auf.

»Eines Tages wird droben wieder die Glocke läuten und es werden Prozessionen stattfinden an den Frauenfesten! Du wirst dann viel zu beten haben, Talmüllerin, für die Toten, damit sie in Frieden ruhen, und für zwei junge Menschen, die an den Altar treten und sich Treue schwören im Glück und im Unglück ihres Lebens. Ich hab es dir gesagt, Talmüllerin! Bete auch für mich, denn ich weiß nicht, ob ich alles recht gemacht habe, aber ich wollte es tun. Ich weiß, dass du für meine arme Seele beten wirst, auch wenn es andere vergessen sollten. Du wirst es tun. Und jetzt – gute Nacht!«

Er ging.

»Muk!«, sagte sie.

Aber er zog schon die Tür hinter sich zu.

18

Es war ein Tag wie jeder andere, ein schöner, sonniger und warmer Tag, obwohl das Laub in den Wäldern bunt hervorleuchtete und über dem Hochgebirge ein blauer Schleier hing. Man merkte das Nahen des Herbstes. Die letzten schweren Gewitter waren niedergegangen und hatten Regengüsse und Hagelschlag gebracht, die Windbrüche in den Wäldern klafften wie tiefe Wunden. An der Hohen Grüft stieg dann und wann ein Staubwölkchen auf, und wenn man genau hingehört hätte, müsste man das Knistern und Splittern vernommen haben, das vom Berg ins Tal drang.

Aber die Bauern holten die letzten Wiesen- und Feldfrüchte heim und sorgten sich um volle Scheunen für einen langen Winter, der schneller da war, als man glaubte. Nur der Marterl-Muk hörte es, er sah die kleinen, verräterischen Staubwölkchen, die an der Hohen Grüft zerstoben. Er war auf der Wildalm gewesen und hatte eine Schüssel Sauermilch gelöffelt, die die alte Monika ihm hingestellt hatte. Jetzt stieg er über den so genannten kahlen Strich zum Kapellenwirt hinunter und schaute in das sonnige Tal, in das der Berg seinen düsteren Schatten warf. Hier und dort waren noch Kühe auf der Weide. Sie kamen vom Hochederbauern herüber und grasten das ganze Grünland ab, bis sie am Abend zusammengetrieben und heimgeholt wurden.

Der steile Abstieg machte dem Muk Mühe, es ging langsam voran, denn er stand nicht mehr sicher auf seinen Beinen. Trotzdem war er heut weit gelaufen, hatte nach allen seinen Marterln geschaut, ob sie auch fest genug in der Erde steckten und den Herbststürmen standhalten würden und ob auch die Namen noch zu lesen waren. Eines dieser Marterl stand drüben am Sockel des Berges, wo vor fünf Jahren ein Holzfäller den Tod gefunden hatte. Auch dort wollte der Muk nach dem Rechten sehen. Warum nur? Warum trieb es ihn heut von Marterl zu Marterl, als hätte er einem geheimen Auftraggeber zu gehorchen? Vielleicht, weil bald die Herbststürme einsetzen oder dichte Nebel den Berg umwallen würden? Würde es einen frühen Winter geben, der es ihm unmöglich machte, in der Gegend herumzusteigen?

Der Muk wusste es nicht. Er tat, wozu es ihn drängte. Aber das Marterl stand im Bezirk des Mitterhofers. Domin würde nicht dulden, dass er ihn betrat, schon deshalb nicht, weil Muk zu den Gegnern des Waldbesitzers gehörte. Aber er musste hinüber und hoffte, dass der Mitterhofer ihm nicht gerade über den Weg lief. Er hatte doch wohl auch etwas anderes zu tun, als in seinem Forst herumzuschnüffeln wie ein Wachhund.

Es war noch früher Nachmittag, als der Muk am Haus des Kapellenwirts vorbeikam und ein wenig Einkehr hielt. Sie waren gerade alle beisammen in der Stube und hatten eine kleine Pause in der Arbeit eingelegt. Auch der Moritz war dabei.

»Kommst gerade recht, Muk!«, rief Steppacher gut gelaunt. »Wir reden gerade darüber, ob wir für den Mitterhofer drüben vor der Kapelle eine Feldküche und ein Bett aufschlagen sollen, damit er es nicht verpasst, wenn gerade einer in die Kapelle schauen will.«

»Hast du noch den Schlüssel zur Kapelle, Steppacher?«

»Nein, man hat ihn mir weggenommen. Warum?«

»Ich wollt hineingehen.«

Sie sahen ihn schweigend an, als fiele ihnen plötzlich etwas auf an ihm. Er war immer ein wenig wunderlich, aber jetzt wirkte er fast unheimlich in seiner dürren Gestalt und den unruhigen Augen im grauen Gesicht.

»Davor muss ich dich warnen, Muk«, sagte der Kapellenwirt nach einen Weile.

»Denk daran, dass er dich schon einmal niedergeschlagen hat!«, rief Moritz.

Der Alte schaute ihn an. »Dafür hast du ihm den Hut vom Kopf geschossen«, sagte er dann und kicherte.

Nun sahen sie sich gegenseitig bestürzt an und blickten dann in das braune, lächelnde Gesicht des jungen Einödlers.

»Hier kannst du's sagen und dich freuen«, antwortete Moritz.

»Ich weiß, ich weiß. Bleibt gesund beieinander!« Der Muk ging zur Tür.

»Wo willst denn hin?«, fragte Steppacher.

»Nach dem Marterl schauen drüben unter der Grüft. Es kommt der Herbst, dann der Winter und vielleicht viel Zeit, viel Zeit, und die Marterl werden verlöschen ...«

»Bleib da, Muk! Das ist im Hoheitsgebiet des Mitterhofers da drüben!«, rief der Moritz.

Aber der Muk war schon fort.

»Man sollte ihn zurückhalten«, meinte Thomas.

Der Kapellenwirt winkte ab. »Der lässt sich nicht zurückhalten, er wäre auch in die Kapelle gegangen, wenn ich noch den Schlüssel hätte.«

»Ich geh ihm nach!«, sagte Moritz und griff nach seinem Hut.

»Ja, tu das«, nickte Steppacher.

Trotz der Warnung durch seine Freunde ging der Marterl-Muk ohne Scheu zur Kapelle, verweilte eine Weile vor der verschlossenen Tür und drückte das Gesicht gegen die Gitterstäbe. Der Hut fiel ihm dabei vom Kopf, aber er ließ ihn liegen. Welcherlei Andacht er auch halten mochte, jedenfalls war er sehr vertieft in sein Tun. Es blieb still, kein Mensch schien in der Nähe zu sein.

Dann fiel der Alte hin auf seine Knie und bekreuzigte sich, als empfinge er den Segen. Die Hände zu Hilfe nehmend, richtete er sich mühsam auf, fingerte nach seinem Hut und ging weiter.

Zwischen dem Frauenberg und dem senkrecht aufsteigenden nackten Felsgestein der Hohen Grüft zog sich eine enge Niederung hin wie ein Burggraben. Man musste die Wand umgehen, um droben auf die Terrasse zu gelangen, wo, deutlich erkennbar, ein Marterl stand. Es war ein schauriger Gedanke, sich vorzustellen, dass hier an dieser Stelle ein Mensch beim Schälen geschlagener Bäume in die Tiefe gerissen worden war.

Das war vor fünf Jahren geschehen. Und man musste um den alten Muk bangen, der jetzt die Terrasse erklomm, um nach seinem Marterl zu schauen. Er brauchte nur einen kleinen Schwindelanfall zu erleiden ... Aber der Muk schaffte den Aufstieg ohne Schwierigkeiten und bald sah man seine Gestalt über die Terrasse kriechen. Natürlich war es verrückt von ihm, sich einer solchen Gefahr auszusetzen.

»Hoheitsgebiet des Mitterhofers!«, murmelte er abfällig vor sich hin. »Hier hat der Tod sein Fähnchen aufgesteckt, Herr Domin!«

Er musterte die Gedenkschrift an der bemalten Holztafel, das Kreuz darunter und dachte daran, wie er das Marterl gesetzt und das Bild gemalt hatte, so wie er sich das Unglück vorgestellt hatte. Gedankenversunken stand er da.

Irgendwo ging ein Stein nieder und schlug klirrend drunten auf. Dann trat wieder Totenstille ein, die Luft stand geradezu und die Spannung war zum Greifen. Es war wie die Ruhe vor dem Sturm. Und wieder hörte man unten Geröll aufschlagen. Der alte Muk erschrak, nicht über die Regungen des Berges, sondern weil eine Stimme die Stille durchbrochen hatte. Drunten am Weg stand ein Mensch –, Dietrich Domin, der Mitterhofer. Er war eben vom Wald herunter gekommen.

»Schau, dass du wegkommst von hier, verrückter Alter!«

Der Muk schaute mit irren Augen zu ihm hinunter. »Ja, wir müssen eilen, Mitterhofer! Hörst du's? Steinschlag! Das Wild ist abgewandert von der Hohen Grüft! Es ist geflohen von hier – geflohen vor dir! Du Frevler!«

Domin stieß einen Fluch aus. »Kannst du nicht hören, was ich sage, verdammt noch mal!«

Da war es zu spät ...

Was in den nächsten wenigen Minuten geschah, blieb ohne Zeugen. Wie eine Sturzflut brach das Geröll über sie herein, wirbelte durch die Luft und schlug in die Erde. Pausenlos folgte Schlag auf Schlag und wie eine ziehende Nebelwand wallte der Staub durch die Enge, füllte sie an und wanderte bergabwärts.

Das hörte und sah zunächst der Moritz von der Wildalm, der dem alten Marterl-Muk zur Kapelle und noch ein weiteres Stück nachgeschlichen war, dann aber umgekehrt war, nachdem er sich überzeugt zu haben glaubte, dass dem Alten keine Gefahr mehr drohte, wenigstens nicht vom Mitterhofer. Aber auch beim Kapellenwirt hatten sie am Dröhnen der Erde und am Klirren der Fensterscheiben erkannt, dass etwas Furchtbares geschehen war. Entsetzt waren sie aufgesprungen. Steppacher eilte, von Thomas gefolgt, vor die Tür. Sie sahen noch den wirbelnden Staub, der jetzt die Sonne verdunkelte.

Da kam der Moritz angelaufen. »Steinschlag an der Hohen Grüft!«, rief er schon von der Weiten.

»Hoffentlich hat es keine von den Einöden drüben auf der Hochblaich erwischt!«, sagte der Kapellenwirt. »Die stehen nah am Berg!«

»Wo ist der Muk?«, fragte Johanna, die jetzt zur Tür herauseilte.

Herrgott hilf! Der Muk!

Sie schauten sich an.

»Ich will nach ihm suchen, er ist in Richtung Hohe Grüft gelaufen«, rief Moritz. »Komm mit, Thomas!«

»Halt!«, befahl Steppacher mit aller Strenge. Jetzt durfte man nicht den Kopf verlieren. »Wir müssen hinüber zur Hochblaich! Man wird auch vom Dorf her Hilfe schicken, aber wir liegen näher. Nicht einmal die Glocke kann ich läuten!«

»Schlag doch die Tür ein!«, schrie Moritz. »Thomas, hol die Axt!«

»Nein!«, brüllte Steppacher. »Wir dürfen nicht! Die Kapelle ist mir heilig! Keiner rührt sie an!«

Er sprang ins Haus und kam mit seiner Jacke zurück.

»Johanna, du bleibst bei der Mutter! Sie ist sehr beunruhigt. Schau nach ihr!«

Da kam auch schon der Max vom Grandlhaus heran. Atemlos und schweißgebadet winkte er ihnen zu.

»Vorwärts!«, befahl der Kapellenwirt.

Auf dem Weg zum Hocheder, dessen Gehöft am nächsten lag, sahen sie bereits die furchtbare Verwüstung, die dieser Steinschlag angerichtet hatte. Wiesen und Weiden waren von Trümmern in allen Größen übersät. Wildwasser, von seinem alten Bett befreit, bahnte sich neue Wege und überschwemmte die Mulden.

Da geschah etwas Seltsames. Alle blieben schlagartig stehen und wandten ihre Gesichter dem Frauenberg zu, von dem plötzlich der bekannte und so lange nicht mehr gehörte Klang der Sühneglocke herübertönte.

»Was ist das?«, fragte Steppacher in höchster Erregung.

Es war die Glocke der Frauenbergkapelle!

»Wie gibt es das? Die Tür ist versperrt, es kann niemand hinein!«

»Es wird schon jemand die Tür eingeschlagen haben, um das Dorf zu alarmieren«, meinte Moritz.

»Nein!«, schrie der Kapellenwirt. »Ein Wunder ist's! Allmächtige Jungfrau! Sie selbst läutet die Glocke! Hört ihr's? Sie klingt anders, nicht so hart, aber doch laut!«

Es wurde ihm nicht widersprochen. Was sollte man dazu auch sagen?

Sie standen da und lauschten.

Da kam ihnen der Hocheder entgegengelaufen. Bei ihm war nichts passiert, nur eine Wiese über dem Haus lag voller Gesteinstrümmer. Wie es bei seinen Nachbarn aussah, wusste er noch nicht. Er hatte noch nicht gehört, dass Menschen zu Schaden gekommen wären, aber auch nicht, wie es um das Vieh stand, das draußen gewesen war.

»Geh zurück, Thomas, auch du, Max! Es kommt immer wieder ein Glockenton von der Kapelle, schaut doch, was los ist! Die Frauen werden sich fürchten.«

Steppacher war nun völlig ruhig, seitdem er vom Hocheder wusste, dass offensichtlich keine Menschenleben zu beklagen waren. Allen anderen Schaden konnte man beheben, auch wenn es viel Arbeit und Mühe kostete.

19

Der gewaltige Steinschlag an der Hohen Grüft war bis ins Dorf hinein vernommen worden. Erschrocken waren die Leute aus den Häusern gelaufen, sie konnten jedoch nichts sehen als eine riesige Staubwolke, die noch eine Weile den Berg in seiner ganzen Breite verhängte und sich nur langsam auflöste. Die Menschen auf dem Dorfplatz riefen aufgeregt durcheinander, da flogen Spekulationen hin und her, welchen Hang der Bergrutsch wohl heruntergekommen war und wo die Verschüttung nun liegen könnte. Der Frauenberg war nicht betroffen, denn die Staubwolke schwebte weiter rechts, sie zog über die Hochblaich hin.

Die Männer brachen sofort auf, denn falls der Steinschlag über die Einödhöfe heruntergekommen war, musste man den Menschen Rettung und Hilfe bringen. Wenig später waren ganze Kolonnen hinauf zur Hochblaich unterwegs. In einer dieser Gruppen lief Pfarrer Kolb mit. Wer konnte sagen, ob nicht auch sein Beistand nötig war? Ob nicht gar ein Sterbender auf seine Lossprechung wartete?

Als der Mitterhof sichtbar wurde, fand man ihn unbeschadet. Der Steinschlag hatte ihn nicht mehr erreicht. Die dichten Wälder bildeten einen Schutzwall um ihn.

»Freilich ja – dem hilft der Teufel!«, murrte eine keuchende Stimme.

»Es trifft immer die Unschuldigen!«, war die einzige Entgegnung darauf.

Man hatte keine Zeit für lange Reden.

Da kam vom Frauenberg her das Geläute der Kapellenglocke.

Alarm! Also doch – es waren Menschen in Not!

»Wer läutet?«

»Wer wohl? Das kann doch nur der Steppacher sein.«

»Aber der hat schon lange keinen Schlüssel mehr!«

»Dann hat er eben die Tür eingeschlagen!«

Der Pfarrer hörte schweigend mit, was gesprochen wurde. Er hatte mit Atmen zu tun, denn er war nicht mehr der Jüngste.

»Das ist nicht der Steppacher!«, ließ sich wieder eine Stimme hören. »Horch doch, wie müd und erbärmlich die Glocke anschlägt! So läutet nicht einmal eine Frau!«

Das stimmte. Der Kapellenwirt hatte immer ganz anders, viel kraftvoller geläutet. Die Glocke erlahmte und schwieg dann. Die Männer liefen weiter.

»Glaubst du, dass es der Marterl-Muk ist, der geläutet hat?«, fragte Thomas, als er mit Max zusammen zur

Kapelle zurückeilte. »Er hat heut schon einmal nach dem Schlüssel gefragt und er wäre auch in die Kapelle gegangen, ohne den Mitterhofer zu fragen.«

»Das kann schon sein«, gab Max zu. »Ich kann mir bloß nicht vorstellen, wie er die Tür aufbrechen konnte, das alte, starke Schloss.«

»Auf jeden Fall ist es sehr sonderbar. Wir werden's ja sehen!«

Thomas blickte sich um. »Wo ist denn der Moritz? Er ist doch vorher noch hinter uns gewesen!«

»Vielleicht ist er doch mit zur Hochblaich gegangen.«

Der Steinstaub hatte sich verzogen. Jetzt ließ sich das Ausmaß des gewaltigen Felssturzes erkennen, wie man ihn wohl nur einmal im Leben sah oder gar nie, ein Ereignis von unvorstellbarer Naturgewalt. Selbst den beiden jungen Burschen, die jetzt über die Höhe liefen, fuhr bei diesem Anblick der Schrecken in die Knochen. Sie blickten an der zerrissenen Wand der Hohen Grüft hinauf, in der Angst, es könnte sich eine neue Lawine auslösen. Sie suchten nach Veränderungen am gewohnten Anblick des Berges und glaubten zu spüren, dass das tote, verwitterte Gestein noch immer in Bewegung war.

»Drum sind die Gämsen abgewandert!«, sagte Max. »Der Muk hatte recht!«

Bis herüber zum Frauenberg waren einzelne schwere Felsbrocken geschleudert worden, über die

Halden herab hing das Geröll, aus dem die zerschlagenen Bäume ragten. Es lag wie ein Fluch auf der Natur. Doch die Frauenbergkapelle war unversehrt geblieben, so weit hatte der Weg des Bergrutsches nicht gereicht. Nur vereinzelte Geröllsplitter lagen in ihrer Nähe, die bis hierher geschleudert worden waren.

An der Kapelle stand die Tür offen. Sie zeigte keinerlei Spuren einer Gewaltanwendung und musste demnach ordnungsgemäß geöffnet worden sein. Die beiden Burschen drangen ein, schauten in das dunkle Turmloch, wo der dicke Glockenstrang herabhing, ohne jegliche Bewegung, als wäre er schon lange nicht mehr berührt worden. Durch das kleine, vergitterte Mauerloch drang gerade so viel Licht ein, dass man die Gegenstände nur schemenhaft erkennen konnte.

Und in unmittelbarer Nähe der Kapellentür sahen die beiden schattengleich eine menschliche Gestalt liegen, regungslos, wie tot, das Gesicht am Boden. Sie dachten beide fast zugleich an den alten Marterl-Muk, der wer weiß auf welche Weise in die Kapelle und an den Glockenstrang gelangt und vielleicht gar vom Tod ereilt worden war. Nicht ohne Schauder und Zaudern drehten sie den Liegenden herum, vernahmen ein röchelndes, schwaches Stöhnen und schauten in ein verstörtes, zerschlagenes und blutverkrustetes Gesicht.

»Bei Gott, das ist …«, rief Thomas.

»Wer?«

»Domin!«

»Wie kommt er hierher? Soll er vielleicht die Glocke geläutet haben?«

»So muss es sein, Max. Er wollte wohl um Hilfe rufen, erreichte gerade noch die Kapelle und zog am Strang, bis er zusammenbrach.«

Musste man angesichts solcher Ereignisse nicht erbeben? Er selbst also musste in seiner Todesangst durch die Glocke um Hilfe gerufen haben, deren Läuten er nicht mehr hören wollte und verboten hatte …

»Er stirbt, Max! Komm, fass an!« Sie hoben den Bewusstlosen auf. »Wohin?«, fragte Max.

Ja, wohin! Hier konnten sie ihn nicht liegen lassen, er atmete noch, wenn auch nur noch ziehend und stoßweise. Man musste einen Arzt rufen …

»Wir tragen ihn hinüber in euer Haus, Thomas! Ich laufe dann ins Dorf oder zur Hochblaich.«

»In unser Haus? Der Vater wird es nicht dulden! Du weißt doch, wie er gegen ihn eingestellt ist!«

Aber sie wussten beide, dass sie es tun mussten.

»Komm!«, befahl Max.

Sie trugen ihn weg.

Als hätten Mutter und Tochter geahnt, dass ihnen noch eine schwere Aufgabe zufallen würde, standen sie in banger Erwartung unter der Tür ihres Hauses, und als sie die beiden Burschen, einen Verletzten schleppend, herankommen sahen, lief Johanna ihnen aufgeregt entgegen.

»Was ist?«, rief sie erbleichend, nachdem sie erkannt hatte, dass die Freunde einen sehr schwer oder gar tödlich Verunglückten trugen.

»Richt ein Bett für ihn!«, keuchte Max, der den leblosen Körper am schweren Oberteil unter den Schultern gefasst hielt.

»Er ist schwer getroffen!«, sagte Thomas.

»Wer?«

»Domin.«

»Großer Gott!«, hauchte Johanna und lief zum Haus zurück, rief der erschrockenen Mutter nur ein paar Worte zu und lief dann hinauf zu den Kammern, riss eine Tür auf und schlug die Decke irgendeines Bettes zurück. Sie überlegte nicht lange, denn dazu war jetzt keine Zeit.

»Das geht nicht! Denkt doch, der Vater!«, rief die Kapellenwirtin den Ankommenden zu.

»Was sollen wir denn tun?«, antwortete Thomas zornig. »Sollen wir es auf unser Gewissen nehmen, dass er auf freiem Feld stirbt?«

Die Steppacherin schwieg.

»Weiter!«, befahl Max keuchend, dem die Last zu schwer zu werden drohte.

Dietrich Domin wurde auf das Bett gelegt. Er war ohne Besinnung und sah übel aus. Johanna holte aus der Hausapotheke alles, was sie brauchen zu können glaubte, und zusammen mit der Mutter leistete sie tapfer erste Hilfe an dem Verletzten.

»Ich mache Meldung drunten im Mitterhof, damit dem Arzt telefoniert wird.«

»Such unseren Vater, Max, man muss es ihm sagen«, trug Thomas ihm auf, der bei den Frauen zurückblieb.

Max eilte davon.

Johanna stand über den Verletzten geneigt, tupfte mit Arnikatinktur die Schlagwunden in seinem Gesicht ab und versuchte, ihn der Ohnmacht zu entreißen.

»Er muss unter den Steinschlag gekommen sein, wo, weiß ich nicht«, berichtete Thomas. »Schwer getroffen hat er sich zur Kapelle geschleppt und läutete die Glocke. Er wollte um Hilfe rufen ...«

»Ja, die Glocke! Wir sind furchtbar erschrocken«, erinnerte sich die Mutter. »Wird er sterben?«

»Ich weiß nicht.«

Immer wieder eilte Johanna über die Stiege hinab, um frisches warmes Wasser oder Verbandsmaterial zum Abdecken der Wunden und zum Stillen der Blutungen zu holen.

»Man müsste es auch dem Pfarrer sagen!«, meinte die Mutter.

»Damit wirst du ihm selbst und auch dem Pfarrer keine Freude machen«, entgegnete Thomas spöttisch. »Man weiß doch, was er davon hält.«

»Und wenn er stirbt?«

»Ja? Was dann?«

»Soll man ihn hinaustragen wie einen toten Hund?«

»Hör auf!«, zischte Johanna erregt, die gerade wieder das Zimmer betreten hatte. »So etwas will ich nicht hören!«

Thomas ging hinaus.

»Wenn nur bloß der Vater da wäre! Ich habe Angst, Johanna!«

»Warum? Was tun wir denn Unrechtes? Einem Sterbenden die Tür weisen? Nein, Mutter, das kann auch der Vater nicht wollen.«

»Du hast Recht, der Herrgott hat eingegriffen. Er mag es zu Ende führen.«

Man merkte am Licht, dass es Abend wurde. Langsam verschwand die Sonne hinter den Bergen.

Dietrich Domin lag immer noch ohnmächtig. Sein Gesicht leuchtete weiß. Die klaffenden Wunden am Kopf hatte Johanna steril verbunden.

So warteten sie und wussten nicht, wie es mit ihm weitergehen würde.

»Geh, Mutter, schau, ob endlich jemand kommt!«, sagte Johanna.

»Du fürchtest dich nicht?«

»Nein.«

20

Auf der Hochblaich hatte es an einzelnen Gehöften schwere Schäden an den Häusern und Zäunen gegeben. Auch ein paar Tiere, die draußen auf der Weide am steilen Grashang von abrollenden Felsbrocken schwer getroffen worden waren, mussten notgeschlachtet werden. Die Menschen selbst waren mit dem Schrecken davongekommen. Steppacher, der in großer Erregung war und immer wieder davon sprach, dass niemand anders als die Heilige Jungfrau selbst die Glocke der Kapelle geläutet habe, war bald hier und bald dort zu sehen, wo es einer kräftigen Hand bedurfte. Niemand bemerkte, dass Max mit dem Pfarrer einige Worte tauschte und wie beide die Hochblaich verließen und in Richtung des Frauenberges davongingen.

Der Abend fing an zu dämmern, als die Helfer ins Dorf zurückkehrten. Das Nötigste war getan, mit dem Abräumen der verschütteten Wiesen wollte man morgen und an den nächsten Tagen fortfahren. Auch Steppacher kehrte heim. Jetzt erst wunderte er sich, dass weder sein Sohn noch der Max zurückgekommen waren. Auch den Moritz hatte er nicht mehr gesehen. Er erinnerte sich noch, dass die Glocke vom

Frauenberg geläutet hatte und die beiden erkunden sollten, wer in die Kapelle eingedrungen war und ob das Alarmgeläute der Hochblaich galt oder ob gar anderswo noch Menschen in Not waren. Ihm wurde unbehaglich.

Von ferne sah er ein paar Lichter von seinem Haus herüberschimmern. Totenstill war es um ihn, nur manchmal gurgelte irgendwo ein Wasser, das sich durch die Verschüttung einen Weg suchte.

Hoffentlich waren an der Hohen Grüft keine Menschen unterwegs gewesen! Auch den Marterl-Muk hatte man nirgends gesehen, fiel ihm plötzlich ein. Er war sonst immer einer der Ersten am Unfallort gewesen. Er musste doch auch den Steinschlag bemerkt haben! Sollte es etwa doch der Muk gewesen sein, der die Glocke geläutet hatte? Aber wie war er in die verschlossene Kapelle gekommen? Die Tür hätte nicht einmal er, der Steppacher, aufzusprengen vermocht, wenigstens nicht mit bloßen Händen. Auch vom Mitterhofer war nichts zu sehen gewesen. Aber der stand außerhalb der Dorfgemeinschaft. Sein Gehöft war verschont geblieben und um die anderen kümmerte er sich eben nicht.

Als Steppacher zum Frauenhügel hinaufstieg, konnte er nicht umhin, an der Kapelle vorbeizugehen. Er sah, dass sie unversehrt war und die Tür weit offen stand, aber es war niemand da. Er schaute in die Kapelle, alles war dunkel und still, auch die Tür zum Turmloch stand offen. Dann war es ihm, als hörte er Stimmen, so als hätte ihm jemand von irgendwo etwas zugerufen. Er ging hinaus, hörte aber nur Schritte vom Weg drüben, der ins Tal führte.

In seinem Haus brannten heut mehr Lichter als sonst, auch darüber wunderte er sich. Sogar der Dachboden und eine Kammer waren beleuchtet. Und als er auf das Haus zulief, sah er eine Gestalt unter der Tür stehen. Es war Pfarrer Kolb.

»Sie hier?«, fragte Steppacher bestürzt.

Der Pfarrer nickte nur.

»Es ging gnädig ab, Hochwürden! Einen solchen Steinschlag haben wir hier noch nicht erlebt.«

»Ja, wir dürfen Gott danken, Steppacher!«

»Und Unserer Frau von der Kapelle!«

»Gewiss.«

»Haben Sie die Glocke gehört? Es war wie ein Wunder!«

»Ja, es war wie ein Wunder«, gab der Pfarrer zu.

»Kommen Sie doch mit hinein, Hochwürden! Wir werden doch nicht hier unter der Tür stehen bleiben!«

»Warten Sie, Steppacher! Ich habe etwas mit Ihnen zu bereden!«

Der Kapellenwirt sah ihn erwartungsvoll an. »Aber doch nicht hier! Das machen wir in der Stube!«

»Das machen wir hier, denn ich habe auf Sie gewartet. In Ihrem Haus liegt ein Schwerverletzter.«

Steppacher war sprachlos.

»Eben war der Arzt da, fast eine ganze Stunde lang. Er hat eine sehr schwere, sogar gefährliche Gehirnerschütterung festgestellt und äußerste Ruhe angeordnet, so dass ein Transport im Augenblick unmöglich ist.«

»Dann soll er in meinem Haus bleiben! Verletzt durch Steinschlag?«

»Auf jeden Fall. Er liegt immer noch bewusstlos. Der Arzt will morgen wiederkommen, er kann nicht sagen, ob nicht gar ein Schädelbruch vorliegt.«

»Ist es am Ende der Marterl-Muk?«, schoss es Steppacher durch den Kopf. »Ich hab mich so schon gewundert, dass man ihn drüben auf der Hochblaich nicht gesehen hat.«

»Nein – es ist der Mitterhofer.«

Steppacher erstarrte.

»Ihr Sohn und der Max haben ihn im Turmloch aufgefunden. Offenbar hat er sich noch zur Kapelle geschleppt und die Glocke angeschlagen, bevor er zusammengebrochen war.«

»Oh! Der! In meinem Haus!«

Mehr konnte Steppacher nicht sagen.

»Wir haben kein Recht, selbst unserem ärgsten Feind die Tür zu weisen, wenn er in Not ist und unsere Hilfe braucht. Da muss ich Ihre Tochter loben, Steppacher, und ich habe es auch getan. Sie nimmt sich des Verletzten an, wie es ein Christenmensch tun muss.«

»Ja – die!«, entfuhr es dem Kapellenwirt, und seine Augen funkelten. »Das kann ich mir denken!«

»Vorhin ist die Christl vom Grandlhaus gekommen, zusammen kümmern sich die beiden Mädchen um den verletzten Mann und werden sich bei der Nachtwache ablösen. Wollen wir da zurückstehen, Steppacher?«

»Warum wird er nicht zum Mitterhof gebracht?«

»Weil es zu weit ist!«

»Er gehört in ein Krankenhaus«, widersprach der Kapellenwirt, »und nicht zu mir!«

»Ich habe ja gesagt, dass der Arzt den Transport für zu gefährlich hält. Seien Sie also vernünftig, Steppacher! Vor allem machen Sie Ihrer Frau und Ihrer Tochter keine Vorwürfe. Sie haben nur getan, was ihre Pflicht war. Und allein danach wird Gott uns einmal richten!«

»Und wenn er als gottloser Mensch in meinem Haus stirbt?«

»Das überlassen wir dem Herrgott, der nicht den Tod des Sünders will, sondern dass er sich bekehrt!«

»Der? Bekehren?«

»Steppacher!«, mahnte der Pfarrer.

Sie schauten sich an.

»Gut, Hochwürden: Ich werde mich um die Leute drüben auf der Hochblaich kümmern – es war ein Steinschlag, wie wir ihn noch nicht erlebten. Heute hat der Himmel gesprochen, Herr Pfarrer! Ich weiß nicht, wer und wie viele ihn verstanden haben. Ich jedenfalls – hab ihn verstanden. Unsere Madonna vom Frauenberg lebt noch!«

»Ja, sie lebt, Steppacher, wir werden uns aber als ihre Nachbarn würdig erweisen müssen. Ihre Leute haben es getan und es war nicht umsonst, denn der Mann lebt noch. Ich werde morgen wiederkommen – gute Nacht!«

»Gute Nacht, Herr Pfarrer! Es liegen Felsbrocken auf dem Weg, die es herübergeschleudert hat! Geben Sie Acht darauf!«, rief er ihm nach. Dann ging er in die Stube. Thomas und Max standen am Schanktisch.

»Was ist? Warum schaut ihr mich so an?«

»Wie sieht es aus drüben auf der Hochblaich?«, fragte Max.

»Es gab viel zu tun.«

»Bei uns auch.«

»Ich weiß. – Bin ich ein Barbar?«, schrie er. »Und wenn er mich dafür wieder belagern sollte wie ein Rudel hungriger Wölfe, man soll nicht sagen, ich hätte ihn verrecken lassen!«

Thomas regte sich zuerst. »Ich muss den Stall fertig machen«, sagte er.

»Ich helfe dir!«, erbot sich Max. »Wo ist überhaupt der Moritz hingekommen?«

»War er nicht drüben bei euch?«

»Nein.«

»Bei uns ist er auch nicht.« Steppacher zuckte die Schultern.

Die beiden Burschen gingen. Steppacher setzte sich nieder und vergrub das Gesicht in seinen Händen. Er schaute erst auf, als seine Frau hereinkam.

»Willst du essen?«, fragte sie.

»Später.«

Sie wollte wieder gehen.

»Was ist mit ihm?«, fragte er.

»Man meint, dass er langsam zum Bewusstsein kommt, aber er kennt niemand und erinnert sich an nichts.«

Steppacher nickte. »So straft Gott, Regine! Wenn man später auch sagen wird: Zufall ... es kam sonst kein Mensch zu Schaden. Wenn er stirbt, wird nicht einmal eine geweihte Kerze brennen! So ist das!«

»Doch, sie wird brennen! Niemand kennt die letzten Gedanken eines Menschen. Oder wollen wir Gott vorgreifen?«

Er schwieg.

Dann blieb er allein, bis Thomas und Max von der Stallarbeit zurückkamen. Die Kapellenwirtin hantierte in der Küche und bereitete das Essen, man hörte ab und zu das Scheppern der Topfdeckel. Sie sprachen über den gewaltigen Steinschlag und wie gut man darüber hinweggekommen war, auch auf der Hochblaich, bis auf einzelne Schäden und den Verlust einiger Kühe, die sich auf der Weide befunden hatten. Sie waren so in ihr Gespräch vertieft, dass sie nicht gleich bemerkten, dass die Tür aufging und offen stehen blieb.

Auf der Schwelle stand Moritz von der Wildalm. Es fiel ihnen gleich etwas auf an ihm, nicht nur, dass er außer Atem war und der Schweiß in seinem Gesicht stand. Er war sonderbar … Sie schauten ihn erwartungsvoll an.

»Thomas, Max, einer von euch muss mir helfen, einen Toten ins Dorf zu bringen.«

Da waren sie alle zugleich auf den Beinen.

»Einen Toten?«

»Der Marterl-Muk ist's. Ich hab ihn unter der Wand an der Grüft gefunden. Er muss schwer getroffen worden sein, aber er lebte noch. Ich konnte sogar mit ihm sprechen. Aber dann starb er mir in den Armen, als ich ihn hertrug.«

»Wo ist er?«, fragte Steppacher.

»Draußen habe ich ihn unter den Baum gelegt.«

Steppacher ging hinaus, die anderen folgten ihm. Einem verloren gegangenen Bündel gleich lag der Marterl-Muk im taufeuchten Gras, so wie der Moritz ihn gefunden hatte auf dem Weg, niedergeschlagen vom Geröllregen.

»Armer Muk! Der Herr schenke deiner Seele den Frieden!«

»Amen«, antworteten die anderen.

»Er war ein guter und frommer Mensch«, fuhr Steppacher fort. »Gott hat ihn heimgeholt, wie er es schon lange wollte. Hol das Weihwasser, Thomas!«

Es wurde eine Tragbahre geflochten und der Muk daraufgelegt. Mittlerweile brachte Thomas in einer Flasche das Weihwasser und Steppacher selbst besprengte den Toten. Im Marterl-Muk hatte er einen seiner besten Freunde verloren.

»Tragt ihn zusammen hinunter und wenn ihn niemand haben will, wird der Pfarrer ihn schon im Beinhaus aufbahren lassen.«

Die drei Burschen hoben die Bahre auf und Steppacher deckte den Toten mit einem Laken zu.

Dann schaute er der traurigen Gruppe nach. Ein paar Tränen schimmerten in seinen Augen. Mit dem Marterl-Muk ging ein Stück Welt für ihn unter.

21

Als bekannt wurde, dass der gottlose Mitterhofer im Haus des Kapellenwirts auf Leben und Tod darniederlag, gab es im Dorf ein verwundertes Kopfschütteln darüber, welche Wege doch ein menschliches Schicksal nehmen konnte. Ausgerechnet im Hause Steppachers, den er vom Frauenberg verjagen wollte, dem er die Kapelle weggenommen hatte wie einem trotzigen Kind das Spielzeug, das es nicht haben soll, dem er Sohn und Tochter zu Ungehorsam und Auflehnung verführen wollte, erwartete der Mitterhofer seinen Tod oder seine Genesung.

Täglich sah man den Arzt fast immer zur selben Stunde zum Mitterhof fahren und von dort aus langsam gegen den Kapellenberg ansteigen, täglich machte sich auch der Pfarrer auf den Weg dorthin, obwohl man wusste, dass der Kranke nicht nach ihm verlangte. Aber Pfarrer Kolb tat seine Pflicht.

Als der Marterl-Muk im kleinen Bergfriedhof begraben wurde, gab es einen Leichenzug, als wäre der größte und angesehenste Bauer gestorben. Alle kannten ihn, jedes Kind, und wenn er auch manchmal verrückte Worte gesprochen und man sich vor seinen Weissagungen gefürchtet hatte, mochte ihn doch jeder gern, schon wegen seines einfachen und frommen Herzens. Ob sich jemand fand, der nun auch für ihn ein Marterl setzte, wie er es für so viele getan hatte, um sie und ihr Schicksal der Vergessenheit zu entreißen?

Auch der Moritz von der Wildalm fragte sich das. Als er seinen Blick über die Reihen der Menschen gleiten ließ, entdeckte er auch die Talmüllerin, und hinter ihr schaute die Bärbel hervor. Vielleicht hatte sie ihn schon länger beobachtet, denn in diesem Moment kreuzten sich ihre Blicke und er erschrak fast vor der flehentlichen Bitte, die in ihren Augen lag.

Am Abend dieses Tages stand der Moritz vor dem einsamen Haus des alten Schreiners. Die Talmüllerin ahnte, was er wollte, und fürchtete sich vor der Begegnung. Mit fast unwilligen Gebärden schickte sie die Bärbel hinüber zum Schreiner, die ihrerseits glaubte, dass die Mutter nur ihr Zusammentreffen mit dem Moritz verhindern wollte, und unwillig hinausging.

Dann erst ließ die Talmüllerin den Moritz ein. »Wo ist die Bärbel?«, fragte er.

»Drüben beim Schreiner.«

Er wirkte nervös und fahrig.

»Du weißt alles, Talmüllerin?«

»Ja, der Muk hat es mir gesagt. Willst du dich nicht setzen?«

Moritz nahm Platz und atmete herb auf. »Wie wär's, Talmüllerin, wenn wir's vergessen würden? Die Bärbel ist unschuldig und ahnungslos und soll auch ahnungslos bleiben.«

»Ob wir's aber vergessen können?«

»Ich schon.«

»Du?«

»Schau, Talmüllerin, der Marterl-Muk hat es mit in sein Grab genommen, daran hab ich denken müssen, als wir heute auf dem Friedhof waren. Niemand weiß es, nur wir beide. Und uns hat er es sagen müssen, damit wir uns verstehen sollen und das Richtige tun für uns und die Toten.«

»Ich hab es nicht gewusst«, suchte sie sich zu entschuldigen. »Ich habe mitgeredet und mitgeholfen an der Verbreitung der Lüge. Gott mag mir's verzeihen – und du auch.«

»Ich komme jetzt jeden Sonntag herunter in die Kirche. Die Leute sollen sich wundern. Ich werde jedes Mal bei euch einkehren. Hast du etwas dagegen?«

»Nein.«

»Mein Haus wird hergerichtet, der Max vom Grandlhaus und der Thomas helfen mir dabei. Und das Größte wird die Bärbel tun, wenn sie die Welt da droben mit mir teilt.«

Sie sprachen noch eine Weile und wurden sich einig.

Die Bärbel wunderte sich, als sie, von der Mutter herbeigerufen, den Moritz noch in der Stube antraf, noch mehr wunderte sie sich über die frohen Gesichter der beiden.

Und dann ging die Mutter hinaus und sie konnten ungestört miteinander reden.

»Im Frühjahr, Bärbel, wird unsere Hochzeit sein«, sagte er.

»Ob es der Mutter recht ist?«

»Ja, es ist ihr recht.«

Da fragte sie nicht mehr warum, sie war glücklich.

»Wir werden in der Frauenbergkapelle heiraten«, fuhr er fort.

»Die ist doch zugesperrt!«

»Bis dahin ist sie offen. Der Muk hat es gesagt, noch vor seinem Sterben. Wir werden an ihn denken und für ihn beten.«

»Ja, das wollen wir.«

Mehrere Tage schwebte Dietrich Domin zwischen Leben und Tod, in jeder Stunde sowohl der Erleichterung als auch während der schwersten Krisen war Johanna bei ihm. Sie saß bei ihm und hielt ihm den Kopf, wenn ihn das Erbrechen zu Tode würgen wollte.

»O Johanna!«, sagte er zuweilen, und in diesem Wort lag alles, was er für sie fühlte, nicht nur Bewunderung und Dank, sondern die tiefe Liebe, die er für sie empfand.

Ab und zu löste die Christl die Johanna ab. Sie kam nun jeden Tag herüber, blieb oft bis in die späte Nacht hinein im Haus, saß mit am Tisch und führte mit Steppacher so manches vertraute Gespräch. Jeder durfte jetzt wissen, dass sie die künftige Kapellenwirtin war.

»Sie hat das Herz auf dem rechten Fleck«, sagte Steppacher, »und wir haben ihr alle viel zu verdanken.«

Bei diesen Worten warf Thomas seinem Vater einen liebevollen Blick zu.

»Es wird hart sein, solange die Wallfahrer ausbleiben«, fuhr Steppacher fort. »Aber eines Tages werden sie wieder da sein, der Muk hat es vorausgesagt, und dass er Recht hat, sieht man doch. Denn es wird einen neuen Mitterhofer geben!«

Darauf sagte niemand etwas, vom Tod im Hause sprach man nicht, und wer wusste schon, ob Dietrich Domin überhaupt sterben musste?

Pfarrer Kolb kam immer wieder. Wenn er den Kranken besuchte, ging Johanna hinaus, deshalb wusste niemand, wie die Begegnung war und was zwischen den beiden gesprochen wurde.

Einmal dauerte die Unterredung sehr lange, Johanna wurde unruhig und klopfte an die Tür. Wie staunte sie aber, als sie die beiden so friedlich vorfand. Domin lächelte ihr sogar zu. Und der Pfarrer erhob sich, näherte sich ihr und flüsterte ihr zu: »Ich brauche eine geweihte Kerze, Johanna, und das Weihwasser.«

Zuerst starrte sie ihn entsetzt an, dann aber begriff sie und eilte freudig davon. Sie war dann mit der Mutter dabei, als der Pfarrer dem Kranken die Hostie reichte. Sie sprach die Gebete mit für ihn, nur für ihn, den sie so sehr liebte und der nun seinen Frieden mit Gott und den Menschen geschlossen hatte. Tränen verschleierten ihre Augen. Es waren Tränen des Glücks.

Nach drei Tagen brannte in der Frauenkapelle wieder das rote Licht und verkündete die Gegenwart Gottes. Steppacher war dabei, als der Pfarrer den Kelch mit den Hostien in das Tabernakel stellte, dann füllte er das rote Lämpchen mit Öl und hielt die Flamme an den schwimmenden Draht. Sie knieten als Erste vor dem Heiligtum. Dann standen sie draußen unter den Bäumen, durch die der Herbstwind rauschte.

»Jetzt haben wir mit eigenen Augen das Wunder geschaut, Herr Pfarrer«, sagte Steppacher, ganz ergriffen von der heiligen Handlung.

»Wenn Gott einen Menschen bekehrt, ist die Liebe am Werk, Steppacher. Diesmal hatte er Ihre Tochter Johanna als Werkzeug ausersehen. Sie hat nun viele Nächte geopfert, hat den Kranken dem Tod förmlich entrissen – und er hat an sie geglaubt.«

»Und es soll alles wieder sein wie früher?«

»Besser. Domin gab mir das Versprechen, ohne dass ich ihn ein zweites Mal darum bitten musste, den Kapellenplatz und die Zugangsstraße an die Kirchengemeinde abzutreten – und zwar kostenlos.«

Steppacher war sprachlos.

»Morgen halten wir zur üblichen Zeit die Messe, Steppacher.«

Als der Kapellenwirt heimkam, war eben der Arzt da. Bis zum Abend drückte Steppacher sich im Haus herum, suchte hier und dort eine Arbeit, bei der er allein war. Später suchte er seine Frau in der Küche auf. »Wie geht es ihm?«, fragte er.

»Morgen wird er in das Krankenhaus eingeliefert, weil nun doch eine Operation notwendig ist«, antwortete sie.

»Wo ist die Johanna?«

»Droben.«

»Sie soll zu mir in die Stube kommen.«

Er wanderte in der Stube auf und nieder, bis Johanna kam.

Er schaute sie so lange an, dass sie schließlich verlegen den Blick senkte.

»Du siehst erschöpft aus!«, begann er dann. »Kein Wunder, du hast ja keine Nacht mehr richtig geschlafen.«

»Morgen kommt er ins Krankenhaus, Vater.«

»Ich hab's gehört.«

»Der Arzt meint, dass nun keine Gefahr mehr besteht.«

»Wir wollen es hoffen!«

Sie schwiegen.

»Du liebst ihn?«, fragte er plötzlich.

Sie zögerte. »Ja«, antwortete sie dann.

Er nickte nur. »Ich werde mit ihm sprechen. Du bist keines reichen Mannes Tochter – aber du bist … Nein, das muss ich ihm selbst sagen.«

Das erste Mal, seitdem Domin im Haus war, suchte der Kapellenwirt die Krankenstube auf. Johanna hörte es und ihr Herz klopfte zum Zerspringen. Sie eilte zur Mutter.

»Was ist?«, fragte die verwundert.

»Der Vater ist zu ihm gegangen.«

»Das wird auch höchste Zeit!«, meinte die Mutter. »Aber es wird alles gut. Glaub mir.«

Es wurde gut, denn als Steppacher die Kammer betrat und auf den Zehenspitzen dem Bett zuging, streckte Domin ihm die Hand entgegen. Sein Kopf war noch fest umwickelt, aber sein strahlendes Lächeln sah man auch durch den Verband hindurch.

»Wie geht's?«, fragte der Kapellenwirt.

»Ich bin zufrieden. Was ich heute bin, danke ich dem Kapellenwirt, der mich in sein Haus aufgenommen hat, ich danke es seiner Tochter, die sich für mich geopfert hat, ich danke es dem Himmel, der mich diese Gnade finden ließ.«

»Ich wollte mit Ihnen sprechen – wegen der Johanna.«

»Warum machen wir das nicht später, wenn ich, so Gott will, gesund vom Krankenhaus heimkomme? Steppacher, ich habe nicht gewusst, was Liebe ist, ich habe sie nie erfahren. Vielleicht war ich selbst schuld daran, weil ich sie nicht finden wollte. Jetzt kenne ich sie und, Steppacher, was ist mein ganzes Leben gegen diese Tage, die ich hier lag, in Bewusstlosigkeit, in Todesangst, in meinen Schmerzen, in denen ich wiedergeboren wurde in eine Welt, die den Herrgott zum Nachbarn hat.«

Steppacher wollte etwas sagen, bewegte aber nur stumm die Lippen. Er wollte sagen, dass auch er in seiner Wut viel falsch gemacht hatte. Aber da sprach Domin schon weiter: »Ich hätte eine Bitte an Sie, Steppacher: Man sollte nach dem Mitterhof schauen, denn die Leute wissen nicht, was zu tun ist. Ich habe alles aufgezeichnet und die Unterlagen befinden sich auf meinem Schreibtisch. Vielleicht könnten Sie den Thomas damit beauftragen.«

»Das wird gemacht.«

»Danke!« Domin schaute auf die Uhr. »Es ist jetzt die Zeit, in der früher die Kapellenglocke geläutet hat, immer wenn es Abend wurde. Wollen wir nicht heute wieder damit beginnen? Ich bitte darum!«

Da ging Steppacher die Stiege hinab, lief hinüber zur Kapelle und bückte sich hinein in das Turmloch.

Wie ein Jubel tönte der Klang hinweg über die Wälder und das Echo hallte an den schroffen Wänden der Hohen Grüft wider. Er drang hinab in das Dorf und ließ die Menschen aufhorchen.

Denn er verkündete den Frieden unter des Herrgotts Nachbarn vom Frauenberg.

Johanna eilte hinauf über die Stiege in die Krankenstube.

»Hörst du's?«, fragte Domin. »Die Glocke läutet unser Leben ein.«

Da kniete sie vor ihm nieder und legte ihren Kopf auf seine Brust.